Cuentos para niños

Horacio A. Hernández

Dedicatoria

Para mi adorada nieta Nicole Samara Ramkissoon.

Tabla de contenido

Cuentos para niños

INTRODUCCION

Esta antología es una vista panorámica de todos mis cuentos infantiles escritos en diferentes épocas y sobre diferentes temas y géneros. Entre los temas, hay una amplia gama de cuentos sobre el amor, la muerte, la vida, la vida después de la muerte, el valor, la inocencia, la envidia, etc. Entre los géneros, hay cuentos de corte realista, surrealista, fantásticos, populares, etc. Algunos de estos cuentos se ajustan muy bien a la técnica narrativa del realismo mágico; otros, se basan en el folclor, en las creencias y supersticiones, y en los mitos y creencias religiosas. Hay cuentos alegóricos y sobre ficción histórica. Algunos de estos cuentos fueron tomados y adaptados de mi libro de cuentos para adultos. Pero, en su gran mayoría, estos cuentos se basan en mi propia experiencia, en eventos y situaciones que he observado a lo largo de mi vida, al hallarme en diferentes lugares y circunstancias.

Debo mencionar aquí, que algunos de estos cuentos tienen su origen en algún sueño o revelación que tuve desde muy joven. Por ejemplo, "el niño que se convirtió en ángel," revela la fuerte emoción que sentí y la preocupación de tener que revelar a mi familia y, a otras personas, cuando me empezaron a salir las alas, y de cómo tenía que esconder o disimular con mis ropas los promontorios de las alas cuando me empezaron a crecer.

Por otro lado, es notable el marcado realismo de alguna historia como en "La mamá gallina," producto de mi experiencia como campesino mientras vivía con mis padres; y el relato sobre, "La pobreza," que expresa la dureza de la vida del campo, especialmente en tiempos de sequía, de hambruna y de precariedad económica; pero también, debo decir que estos fueron los mejores momentos de mi vida mientras vivía con mis padres. Todas éstas fueron experiencias reales y vividas.

Capítulo 1

La mamá gallina

Como en algunos grupos humanos marginados, los animales, muchas veces, precisan de un vocero; de alguien que hable por ellos, y exprese al mundo sus quejas y sus pesares, ya que los humanos no comprenden su lenguaje, ni su manera de comunicación. He aquí un ejemplo típico entre las aves domésticas. Se trata de una gallina.

Clo, Clo, Clo, ¡Co-co-te-co! Para esos seres humanos que piensan que nosotras las gallinas no pensamos, permítanme contarles solamente un episodio de mi vida. Clo, Clo, Clo, ¡Co-co-te-co! En cierta ocasión, debido al comportamiento de los humanos de aniquilar a nuestra especie, por sus hábitos de consumo diario; yo tomé la decisión de poner mis huevos lejos de la casa, para que ellos no pudieran comérselos diariamente; y para que no me obligaran, una vez más, a esperar otra estación del año para realizar mi sueño, el de poder tener mis propios niños, mis propios polluelos, poder criarlos con amor, y protegerlos de todo mal, como me enseñaron mis antepasados.

Así pues, la decisión fue tomada, cada día iré a mi nido secreto a poner mi huevo. Pero el problema fue que, un día, el dueño me oyó que yo venía contenta, acababa de poner mi huevo, cuando escuchó mi: Clo, Clo, Clo, ¡Co-co-te-co! Al oírme él exclamó, "esa gallina está botando los huevos, oye como viene cacareando, parece que ya acaba de poner su huevo." Observen, que él me acusa de "botar los huevos," simplemente, por no ponerlos al acceso de él para proteger así el futuro de mi familia. Luego, él se acercó por los alrededores de donde yo venía, buscando mi nido para ver si lo podía encontrar. Pero, todo fue en vano. Pues, yo había calculado muy bien un lugar estratégico y oculto que estuviera bien lejos de la casa.

Como él no pudo encontrar mis huevos, un día que vine con mucha hambre a comer de los granos de maíz que les echaba a los demás animales, me agarró de sorpresa; y se le ocurrió la idea de amarrarme por una pata por veinticuatro horas para, al día siguiente, perseguirme cuando yo tuviera que precipitarme, desesperadamente, a poner mi huevo. Clo, Clo, Clo, ¡Co-co-te-co!

Ese día que mi amo me amarró por una pata, yo me enojé tanto que quise demostrarle que yo era más inteligente que él, y de que yo estaba decidida a no revelarle el lugar de mi nido; porque yo estaba segura de que lo único que mi amo quería era llevarse todos mis huevos para así satisfacer sus acostumbrados hábitos de consumo, a la vez de que me quitaba la oportunidad de criar mi primer grupo de polluelos.

En esa ocasión, en la cual yo me precipité en dirección a mi nido, no quieran ustedes saber la satisfacción que sentí porque logré burlarme de él. Lo que pasó fue que cuando yo iba corriendo como una loca para mi nido, yo noté que él me perseguía porque, como les dije antes, su única intención era descubrir dónde yo ocultaba mis huevos. Entonces cada vez que yo corría en dirección a mi nido, yo veía que él corría también.

Luego, se me ocurrió la estrategia de simular como que yo no encontraba mi nido, de manera que, cuando ya yo me estaba acercando al lugar específico donde lo tenía, yo me detuve varias veces delante su mirada, y corría de un lugar para el otro para confundirlo, aunque yo estaba desesperada por poner mi huevo, recuerde que el amo me había amarrado por algunas horas, y ya se había pasado la hora precisa en la cual tenía que poner mi huevo.

Finalmente, en una de esas paradas que hice esperé que él se descuidara de mí y, en el preciso momento en cual él se distrajo mirando para otro lugar, yo me escurrí rápidamente de su presencia y me precipité al lugar donde tenía mi nido escondido. Finalmente, logre poner mi huevo y, esta vez, no hice ningún ruido para que él no pudiera descubrir mi lugar secreto.

Perdonen ustedes eso del "¡Cocoteco!", porque eso me sale de una forma natural; es nuestra manera de expresar alegría por haber puesto un huevo. Es decir, un futuro hijo o hija en potencia. Pero esta vez, por razones obvias, me contuve de no hacer ningún ruido para no ser descubierta por mi amo.

Sin embargo, debo agregar aquí que como yo no vivía en un corral, la condición de vivir en un lugar abierto me facilitó el ambiente para que yo pudiera escaparme de mi amo. Evidentemente, yo no era un ave de corral y yo vivía abiertamente en armonía y en contacto directo con la naturaleza, y así eduqué a mis polluelos.

Ahora, volviendo al episodio de mi vida, quiero indicar que ustedes no se imaginan lo alegre que se puso mi dueño cuando me vio regresar con todos mis pollitos, al verlos como futuras presas de sus hábitos alimentarios. Sin embargo, algo que él nunca llegó a sospechar fue de mi estrategia y nuevos pensamientos que tengo para educar a mis polluelos; de tal modo, que puedan escaparse del amo cuando lleguen a su edad adulta. La primera advertencia que les hago es que no se dejen atraer por dos o tres granos de maíz que les eche el amo, desde que ellos alcancen el peso de una libra; que empiecen a sospechar de todo el mundo para no caer, inesperadamente, en la olla del amo, etc. Clo, Clo, Clo, ¡Co-co-te-co!

Por otro lado, debo mencionar aquí los sin sabores y sofocones que tuve que pasar día y noche mientras estuve calentando mis huevos por casi tres semanas; para ser más precisa, fueron dos semanas, cuatro días, veinte horas, cincuenta y nueve minutos, y cincuenta y nueve segundos. Por lo regular, siempre me ponía nerviosa cuando sentía el ruido de algún animal que se acercaba a mi nido, sobre todo, por la sospecha de que se tratara de algún perro huevero o de algún hurón. La mayoría de las veces, cuando se me acercaba algún perro vira-latas, me bastaba darle un solo picotazo para que saliera huyendo de mi presencia; pero cuando se trataba de hurones, como éstos eran más violentos, tuve que atacarlos con un golpe de pico y patas para que se retiraran de mi nido. En otras ocasiones, el ruido que escuchaba se trataba del resoplo de algún caballo, o el deambular de alguna vaca que acertaba a pasar por el lugar mientras comía alguna hierba fresca. También, gracias le doy a Dios de que no era temporada de lluvia; aunque algunas veces tuve que aguantar algunos aguaceros. Clo, Clo, Clo, ¡Co-co-te-co!

Por otro lado, lo que me hizo tomar esta decisión de actuar a la defensiva frente a mi amo, fue el hecho de que él me había cogido todos mis huevos; y, como yo insistía en quedarme en mi nido, aunque no tuviera huevos que encubar por mi instinto maternal, entonces, a él se le ocurrió la idea de ponerme en mi nido huevos de patas; sobre todo, de ésas que no les gustaba quedarse en el nido. Este hecho hizo quedarme en mi nido por cuatro semanas; una semana más de lo requerido para encubar a mis polluelos.

En realidad, ustedes no tienen ni la menor idea de todos los sinsabores que yo tuve que pasar para poder criar a mis nuevos polluelos. Por ejemplo, la primera gran sorpresa que me llevé fue ver que todos mis hijos salieron con el pico ancho y medio achatado. A esa situación se agregaban todos esos momentos de ansiedad que tuve que soportar al ver que mis polluelos insistían en meterse en el agua la mayoría de las veces; pero cuando yo los llamaba con insistencia, ellos generalmente venían; aunque otras veces, preferían quedarse donde estaban porque, en algunas ocasiones, yo solía llamarlos, aunque no tuviera comida que ofrecerles; era simplemente una excusa mía para que ellos salieran del agua. También, yo sé que ellos tenían el deseo de que yo los acompañara en el agua; pero yo no sabía nadar; algunas veces yo los complacía metiéndome en la orilla de la charca hasta que el agua me llegara al nivel de las plumas; pero de inmediato me salía del agua por temor a ahogarme. Clo, Clo, Clo, ¡Co-co-te-co!

Ahora, volviendo a referirme al plan secreto mediante el cual yo había educado a mis hijos para protegerse del amo y de su gente, antes de que fueran atrapados para usarlos como delicias culinarias, cuando todos mis críos habían alcanzado la capacidad de volar bien, los cuales tenían ya un peso promedio de una libra, o libra y media; después de algunos días de lluvia, como siempre estaban alrededor de la casa, escucharon los rumores de que el amo y su familia habían invitado a otros amigos para hacer una fiesta y un gran guiso con algunos de mis polluelos, los cuales habían alcanzado ya un tamaño apropiado para tal ocasión. Así fue como, al amanecer del día siguiente, bien tempranito, todos reunidos izaron el vuelo como el águila y se desaparecieron por los aires para nunca más volver. Lo bueno fue que yo ya los había preparado para que vivieran por sí mismos cuando tuvieran que marcharse. Esa misma mañana, yo también, aproveché los primeros rayos del sol de ese día despejado y limpio, me subí al techo de la casa a pulgar mis plumas por unos minutos, y temiendo que quizás el amo pudiera usar alguna venganza contra mí, alcé el vuelo y me desaparecí volando en busca de nuevos horizontes.

Clo, Clo, Clo, ¡Co-co-te-co!

Capítulo 2

Animales que pueden predecir la muerte del ser humano

Cierto párroco de una comunidad, a la cual amaba mucho, se le ocurrió una brillante idea. El notaba cómo la gente sufría cuando veía morir a sus seres queridos; y, sobre todo, el grado de desesperación en que caían cuando la muerte de un ser querido le agarraba de sorpresa. Fue por eso por lo que un día pensó, "bueno, si Dios me diera la oportunidad de, por lo menos, reconocer algunos días antes cuándo una persona habría de morir, yo podría anunciar a sus familiares con anticipación, y así la familia tendría un margen de tiempo necesario para planear, dentro de sus posibilidades, todo lo concerniente al funeral de su ser querido.

Pues Dios, al ver los buenos sentimientos del padre, le concedió esa oportunidad; por eso una noche mientras dormía, Dios le dio una revelación; le dijo, "cuando vayas a visitar a los enfermos al hospital, lleva una de tus mascotas contigo, y observa los movimientos de la mascota, y ésta te dará alguna señal de cuál será la próxima persona en morir. Cada vez, lleva una diferente." Luego, al despertar en la mañana siguiente, el sacerdote se notaba muy jubiloso porque sabía que Dios le había hablado y de que podía recordar todos los detalles de su revelación. Al levantarse, meditó estas palabras, "Gracias, Señor, que así sea."

Cuando se trataba de los ancianos, el padre se preocupaba más de que ellos estuvieran bien preparados para cuando tuvieran que realizar su viaje definitivo al más allá. Es por eso que casi siempre frecuentaba el hospital local para ir preparando a los ancianos que se encontraban muy enfermos para empezar a enderezarles el camino que les conduciría directamente a su Creador.

Así vemos cómo el padre se valía de ciertos recursos que le ofrecía la naturaleza, tal como Dios se lo había revelado, para lograr sus objetivos. Él tenía tres mascotas: un gato blanco y negro, un lagarto y un periquito, a las cuales los niños les encantaban venir a verlos a su casa y a traerles comida, lo cual era una buena idea porque el padre muchas veces no poseía de los recursos económicos para comprarles los alimentos necesarios a estos animalitos.

Lo misterioso de estos animalitos era que tenían el poder de predecir la muerte del ser humano, facultad que el padre no quería que la gente de la comunidad se diera cuenta para que no se amedrentaran cuando lo vieran hacer visitas acompañado de una de sus mascotas. Por eso él cuando iba al hospital, en sus visitas rutinarias, solía ir acompañado de una de ellas. Por ejemplo, cuando se hacía acompañar del gato, él notaba cómo éste se paseaba entre los enfermos, y cuando reconocía el que iba a morir próximamente se echaba brevemente al lado del anciano o anciana señalados; e inmediatamente, el padre se dirigía a esa persona y le hacía los preparativos de lugar para el bien morir de esa persona:

__Purgatorium anima, tibi solum peccati mundi, conjurote in nomine Patris, et Filii, et Spiritus Sancti. Amen.

Tan pronto terminaba su ritual, corría a llamar a la enfermera para que avisaran a los familiares del próximo difunto descubierto y así darle tiempo suficiente a los parientes para que se prepararan con tiempo para todo lo concerniente al funeral que muy pronto tendrían que hacer. Nadie tenía ni la menor idea de cómo estos animalitos le ayudaban a identificar al próximo difunto, porque él alternaba sus visitas con uno diferente cada vez. Tampoco nadie podía percatarse de la preparación que le hacía al difunto debido a que lo hacía en latín, y a veces rezaba con más de una persona a la vez, pero de una manera diferente al que todavía no le tocaba el turno.

Cuando el padre visitaba a estos ancianos con su lagarto, él también observaba que el lagarto se paseaba entre ellos, luego se detenía momentáneamente frente a uno de ellos y el padre notaba cómo el lagarto cambiaba de color por un instante. De modo que aunque él estuviera dialogando con otro de los ancianos, él no le quitaba la vista a su mascota hasta captar la señal que le indicaría quién sería el próximo en embarcarse hacia la eternidad. De una manera disimulada, procedía a dar las instrucciones de lugar para que la próxima familia se preparara para el funeral.

Finalmente, cuando solía visitar con su periquito, él observaba cómo el periquito volaba de un lado al otro del salón; pero cuando él veía que la avecilla revoloteaba tres veces consecutivas por encima de uno de los ancianos, inmediatamente, el padre se le acercaba para encarar el alma del próximo difunto, luego llamaría una vez más a la enfermera para que avisara urgentemente a la familia para los arreglos del próximo funeral:

__Purgatorium anima, tibi solum peccati mundi, conjuro te in nomine Patris, et Filii, et Spiritus Sancti. Amen.

Terminado su rezo, regresaba a su hogar para descansar y meditar sobre lo ocurrido y de cómo Dios se valía de estos animalitos para ayudarles a las familias a prepararse para lo que sería sus últimas responsabilidades con su ser querido en esta vida. Finalmente, procedía a preparar a la iglesia para los servicios y el panegírico que tendría que dar en frente de los familiares y amigos del próximo difunto. Con estas ideas en mente, el padre inmediatamente llamaba el monaguillo de la iglesia y a la voluntaria que se encargaría de adornar la iglesia para la ocasión del funeral.

La facultad de predicción de estos animalitos y avecilla era tan efectiva, que difícilmente se equivocaban al escoger a la persona indicada. En una ocasión en que el padre se encontraba en su acostumbrada visita en el hospital, pasó algo extraño, lo cual al padre le pareció un error de una de sus mascotas. Cuando en realidad resultó ser un error de percepción del mismo sacerdote, porque sus mascotas nunca se equivocaban en hacer la selección de la persona que iba a morir. En este caso, se trataba del periquito.

Pues, lo que ocurrió fue que mientras el padre se hallaba de visita en una de las salas del hospital, se presentó el alcalde de la comunidad, quien había decidido visitar a algún amigo suyo que se encontraba enfermo en el hospital; de repente, el padre nota que su periquito en vez de hacer la señal sobre unos de los ancianos enfermos, en esta ocasión vio que el periquito sobrevoló alrededor del alcalde. Pues, el cura creyendo que se trataba de un error de su mascota, no tomó ninguna medida para avisar a la enfermera, como era su costumbre.

Sin embargo, para la sorpresa del padre, al momento de salir del hospital se encontró con algo nunca visto; había una corredera de gente y de policías en todas las direcciones y mucha confusión, hasta que se enteró de que se trataba de la muerte del alcalde; según el comentario de algunos testigos, cuando el alcalde se disponía a salir del hospital, dos bloques más adelante, dos individuos que venían corriendo en una motocicleta, supuestamente enemigos del alcalde, al acercarse a él le dispararon a quema ropa y se escaparon a toda velocidad; el alcalde no tuvo tiempo de defenderse.

Capítulo 3

La leyenda de las tres palomas coronitas

Según se indicaba en los grabados de una cueva de un lugar cercano a la costa, al suroeste del golfo de las flechas, al que los nativos denominan los Haitises, habitaba una princesa indígena a quien muchos consideraban como una ciguapa. Este lugar había estado muy lejos del alcance de nuestros conquistadores; y, por eso, los indígenas lo tomaron como su refugio natural. Allí pasaron mucho tiempo sin haber sido descubiertos. Además, la belleza de este lugar era como un sueño; los cayos rocosos y floridos daban la impresión de que caminaban por el golfo; la parvada de pájaros nublaba el cielo, la foresta era deslumbrante; las olas del mar penetraban por el interior de otras cuevas arqueadas que parecían pequeños templos.

Decía el narrador indígena que me relató la historia que esa princesa indígena, acompañada de sus sirvientas, habitada en la cueva de los Haitises, en la cual habían vivido por mucho tiempo sin haber sido descubiertas por otros grupos indígenas ni tampoco por los primeros españoles que avistaron por ese lugar. Por eso, la primera vez que alguien notó la presencia de la princesa indígena en dicho lugar, pensó que se trataba de alguna ciguapa.

La ciguapa era un ser misterioso, la cual tenía poderes mágicos que le permitían cambiar de aspecto físico, y caminaban hacia atrás con los pies torcidos en esa dirección. La gente le tenía mucho miedo, especialmente los niños.

En un extremo de la cueva, había un precipicio o abismo que daba a un río subterráneo que, según algunos exploradores más recientes, dicen que dicho río va a dar a la mar. Según el relato del cacique que nos la refirió, esta princesa indígena habitaba en la cueva con dos de sus sirvientas. Se dice, además, que, al ser sorprendidas por los primeros conquistadores españoles, en su propio lugar, en vez de rendirse a ellos, se arrojaron al abismo. Los exploradores entraron a buscarlas por el lado del precipicio, pero no pudieron encontrarlas por ningún lugar.

Afirma el relato del indígena que, cuando los exploradores se acercaron al lugar donde se habían arrojado las indígenas, fueron sorprendidos por tres palomas coronitas que revoloteaban sobre sus cabezas tratando de salir desesperadamente de la cueva. Los exploradores entendieron que se trataba del alma de las tres indias desaparecidas o de alguna transformación misteriosa de dichas indígenas.

Por esa razón, desde aquel tiempo, hasta el día de hoy, todo visitante que pasa frente a la cueva asegura que ha visto salir las tres palomas de dicha cueva. Por esta razón, esa leyenda dio origen al nombre de las palomas coronitas que aparecen en ese lugar. Además, porque estas palomas tienen una corona blanca en la cabeza, similar a las coronas de plumas blancas que usaban la princesa indígena y sus criadas.

Capítulo 4

La extraña relación entre un gato y un ratón

(Una fábula)

Esta historia se trata de cómo dos tradicionales enemigos empiezan una mutua relación basada en la amistad y en la práctica del amor. Primero, comentaremos sobre la vida inicial del señor Gato y el señor Ratón como seres comunes de su especie. Segundo, de cómo sucedió el encuentro entre el don Gato y don Ratón.

Pues, el señor Ratón ya estaba cansado de haber pasado tanto tiempo esquivando las acechanzas de don Gato, e incluso le había costado la vida de algunos de sus parientes. Hasta que un día empezó a reflexionar sobre su sabiduría natural; y, sobre cómo ponerles fin a los malos hábitos de un gato, que ni siquiera se comportaba como los demás gatos, porque se había contagiado bastante de la mala conducta de algunos seres humanos con quienes vivía. Este contacto con los seres humanos le hizo perder sus tácticas naturales; y, por esa razón, actuaba torpemente en un ambiente natural; aunque este gato había aprendido el lenguaje de los humanos.

Por otro lado, la estrategia que decidió poner en práctica el Señor Ratón fue robar carne de una carnicería; y pescado de una pescadería para que cada vez que viera al gato, le pudiera tirar un pedazo de carne o de pescado. De esta manera el gato empezó a cambiar de actitud hacia el ratón. Hasta que un día tan esperado de parte de don Ratón, se llevó a cabo un encuentro filosófico con don Gato. Este encuentro se inició con unas preguntas filosóficas muy bien planeada de parte de don Ratón:

__ Don Gato, ¿por qué me persigue usted tanto? ¿Qué cosas tan grandes le he hecho yo a usted para que me haga tener una vida tan miserable, tanto a mí, como a los demás de mi especie? ¿Acaso le habremos causado un gran mal por solamente querer vivir con libertad en el mismo ambiente que usted disfruta? ¿Por qué no deja usted su persecución y vivimos en comunión para que podamos sobrellevar mejor esta vida tan llena de "confusión?"

__ Bueno, bueno, don Rata, ¡Qué preguntas tan elocuentes! Nunca antes había pensado del por qué de mi comportamiento, pero antes de darle una respuesta, ¿Podría usted explicarme a qué se refiere usted cuando dice que esta es una vida llena de "confusión?

_ Pues, mire usted don Gato, no le parece a usted confuso y, también, contradictorio lo que hacen los humanos con muchos individuos de nuestra especie, por un lado nos elevan a la categoría de príncipe y princesa para su diversión y enriquecimiento, como hacen en el mundo de Disney; mientras que por el otro lado, se inventan miles de productos con la intención de eliminar a todos los individuos de nuestra especie, como venenos raticidas, trampas mecánicas, DDT, que lo que hacen es producir otros males que amenazan a toda la civilización, contaminando nuestros ríos, arroyos, lagos y las playas de los mares.

Como una prueba específica de su queja o lamento sobre los humanos, don Rata le explicó al gato que bastaría, solamente, que él hiciera acto de presencia frente a alguna criada o dama de palacio; cuando él anda en busca de sus alimentos, para que la dicha señora pegue un grito al cielo, o caiga pataleando al piso; produciendo tal aspaviento y confusión, que ponen en acción hasta la guardia del palacio en pos de nuestra persecución. De repente se oyen los gritos de alguna señora del palacio:

_ ¡Ay, miren un ratón! ¡Me muero! ¡Auxilio! ¡Socorro! Grita la regordeta criada, hasta caer inconsciente en el piso cual si alguien la hubiera matado.

También, recuerdo que, en una ocasión, tras el griterío de la señora, salí corriendo y me refugié dentro de un zapato que resultó ser del señor de la casa. No quiero recordar los hechos de ese día en el cual perdí un pedazo de mi cola o rabo.

_ ¿Y cómo le aconteció tan desagradable desdicha? -- Le preguntó don Gato.

__ Pues el señor aquel, cual gigante manganzón, torpe y gordinflón, al levantarse de la cama y ponerse su calzado, me dio tremendo pisotón que, si no hubiera sido por cierto mordiscón que en el pie le di, no lo estaría contando ahora. Esos gigantones mal humorados, no sólo se contentan con la violencia física, sino que también, hasta con sus calumnias y blasfemias nos causan un gran daño. Entre los tantos males de que nos acusan, dicen que fuimos los causantes de la peste bubónica de antaño. Jamás se fijan en el bien que como controladores del ambiente nosotros causamos.

Por otro lado, también debemos admitir que hay algunas cosas positivas que el ratón aprendió de don Gato y sus relaciones con los seres humanos. Pues, don Gato, después de escuchar la larga queja de don Ratón; meditó por un gran rato, y después de mucha reflexión, llegó a la conclusión de que lo único sublime que había aprendido de sus relaciones con los seres humanos, fue de que hablaban de un "Redentor;" y de que ese Redentor "nos llevaría a un lugar donde hay mucha carne y frutas frescas con las cuales podremos vivir toda la vida sin que tengamos que destruirnos los unos a los otros." Por eso comprendió don Gato que, más allá de todos esos seres, había un ser superior que mantenía la armonía de su propia existencia y de todo lo existente.

Fue, entonces, cuando decidió responderle a don Rata la próxima vez que se encontró con él.

__Pues, tiene usted razón, don Rata, parezco persona ingrata; por nunca haber puesto atención al mal que a otros causaba; le ruego, de todo corazón, que perdone usted la sin razón por la que mi vida se guiaba. Perdone usted la costumbre de mis malos hábitos heredada. Pues, no sabía yo que con mis malas acciones, mal a otros daba. Y así continuó don Gato dándole millones de excusas para, de esa manera, tratar de aliviar los tantos males que con sus acciones felinas a otros seres les había causado.

__Ya yo ni siquiera vivo por mí __comenta don Rata__ sino por mis hijos, especialmente por mi último hijo, Miguelito, que recientemente me ha nacido.

Mientras don Gato, le escuchaba con atención; y, ante la profundidad de su mensaje, y la cordura de su expresión, de repente, le pareció como si se hallara ante la presencia de un ángel.

__Por lo cual, don Gato, yo le invito a una sólida y fraternal relación, en la cual radique el futuro de nuestra existencia, concluyó diciéndole don Rata.

__Ay amigo, don Rata, __replicó don Gato después de escuchar su tan elocuente exposición e invitación__ no crea que todo ha sido gloria el vivir entre esta gente. Si acaso he sobrevivido es por ser una criatura inteligente.

Luego, empezó a explicarle aquí de sus problemas existenciales como un ser felino. Es decir, de su vida como gato. Por ejemplo, le comenta de sus siete vidas como inventa la gente para hacerle más dura su propia existencia, etc.

__ Pues, mire don Gato, en mi caso, no hay cosa que me moleste más que oír a la gente decir que porque un ratón se comió el queso, se lo comieron todos los ratones; ya que no todos los ratones tenemos las mismas intenciones.

___ Entonces, como le decía, don Rata, esa gente nos usa como excusa para insultar a su fémina compañera. Ellos nos atribuyen haber dicho que cuando nos levantamos, nos persignamos diciendo la siguiente expresión: "Cosa mal puesta, mujer descuidá." Y, como si eso fuera poco, a veces me he sentido "como gato en zinc caliente," porque por andar por lugares equivocados, me han arrojado hasta agua caliente con la intención de matarme. Otras veces, he soñado que he vivido por otras tierras extrajeras, donde al gato se le trata mejor que a la gente. Pues, nos usan como mascota, y hasta nos ponen niñeras; para nuestros males, doctores; y hasta a la pedicura nos llevan.

___ Ay, no se fije usted don Gato de esa gente traicionera, ya que eso no es más que sueño a quien en esta vida espera.

Así prosiguió el diálogo de don Gato y Compai Ratón; pues llegaron a tal unión, que a su hijo, Miguelito, le bautizó. Sin embargo, en medio de tal conversación, hubo cierta confusión. Pero don Gato reflexionó ante todo lo expresado por don Rata; y, tan conmovido quedó, que se le ablandó el corazón; fue tanta la emoción, que se lanzó sobre don Rata, lo abrazó y le dio un tremendo apretón. Fue tan grande el susto que se llevó el ratón que, en medio de tal confusión, sólo llegó a pensar: "Ay, ya no me importa quien se coma a quien." Pues no obstante todo eso, a partir de ese momento ambos vivieron felices el uno con el otro, en plena comunión, y de generación en generación.

Capítulo 5   El museo de la muñeca misteriosa

En el Valle de Swannanoa se encuentra una comunidad que lleva el mismo nombre; se trata de una pintoresca comunidad enclavada en el suroeste de Carolinas del Norte. El asombroso panorama de las Montañas Apalaches con sus suaves ondulaciones al pie de lagos, cascadas y riachuelos, presentan el espectáculo de un inmenso parque natural.

Las montañas de Swannanoa se visten de gala al paso de las estaciones; durante la primavera, la foresta exhibe un color verde característico de cromáticos matices en la exuberancia y transparencia de su follaje. De ahí saltan, como magia de la naturaleza, las diferentes fuentes y cascadas de aguas cristalinas que alimentan las praderas y a sus moradores. En algunos lugares, son tan altas que parece que se comunican con el cielo; y, tan cercanas, que parecen alcanzarse con las manos. Los árboles dan la impresión de hablar a cualquier visitante que por allí se acerca.

Las casas se escabullen entre los árboles. De vez en cuando, algunas jovencitas se ven trotando, como si fueran ninfas, a lo largo de las pequeñas carreteras; quienes se ocultan entre los árboles, como tratando de escaparse de las sátiras miradas de los escasos conductores que por allí transitan.

Entre las muchas atracciones de Swannanoa se encuentra un pequeño museo. Todo turista americano, o extranjero que se pasea por esta comunidad en el camino hacia la Montaña Negra (Black Mountain), Carolinas del Norte, considera como una obligación la visita a este pequeño museo conocido como "El museo de la muñeca misteriosa." Cuando usted se va acercando a este lugar, da la impresión de una residencia normal cualquiera. Sin embargo, desde que se pasa del umbral de la puerta principal, su mirada queda cautivada por la presencia de una muñeca grande de tamaño humano que parece que está viva.

Para sorpresa del espectador, mientras más usted se acerca a la muñeca, usted se percata de los detalles de ese misterioso objeto; sus palpitaciones parecen acelerarse cada vez más. El espectador queda casi sin aliento, al enterarse de cómo esa muñeca llegó a convertirse en el objeto misterioso que es. No menos impresionante deja de ser toda aquella residencia llena de seres diminutos de todos los tamaños, clases, colores, materiales, etc. Las variedades van desde muñecas y muñecos de porcelana, de trapo, rellenos, de plástico, de metal, de madera, y de cuantos materiales se le pudo antojar al fabricador de todos estos enseres brillantes y multicolores.

Cada habitación de esa extraña residencia parece la exhibición de un experto coleccionista. Pero el punto donde usted se queda casi sin aliento es cuando usted termina de leer el mensaje escrito que se encuentra en un manuscrito de aspecto centenario, cubierto por un cristal y marco oscuros, un poco manchado por el tiempo. A penas usted va por la mitad del manuscrito, usted siente que todos los pelos del cuerpo se le ponen de punta; cuando lo primero que le pasa por la mente es si debe de seguir leyendo lo que está leyendo, o si debe de parar en ese momento y salir de ese lugar medio embrujado o encantado que deja boquiabierto a todo espectador, como si se tratara de una escena de horror.

El caso es que, por lo captado por la lectura del manuscrito, más los detalles ofrecidos por los guías y guardianes de aquel lugar, uno se entera que esa muñeca fue una persona normal de carne y hueso como usted y yo. Se trata de una joven dominicana que había nacido y se había criado en la península de Samaná en la República Dominicana; parte de una de las islas mayores del Mar Caribe durante los tiempos coloniales. Época en que aquel lugar se encontraba contaminado por las prácticas de la santería y del vudú. Lo único que se sabe de ella es que fue una niña mimada de una familia rica y que estaba fascinada por las muñecas.

Algunos se atrevían a decir que cuando una muñeca caía en sus manos, parecía que ésta tomaba vida; que se le veía jugar con las otras muñecas como si se tratara de un conjunto de seres vivientes en miniaturas. En circunstancias no muy claras esta persona, desde muy joven, se trasladó a Carolinas del Norte, donde se cree que obtuvo sus estudios básicos, aunque no se haya encontrado evidencias específicas hasta ahora.

Los moradores de la Montaña Negra aseguran que dicha joven vivió por mucho tiempo en ese mismo lugar, hoy ocupado por el museo. Otros aseguran que estuvo casada por algún tiempo; pero nadie puede asegurar si tuvieron hijos o no. En lo que todos parecen estar de acuerdo es que la joven esposa era aficionada a las muñecas, como dijimos anteriormente; y que solía coleccionarlas de todos los tipos, tamaños, colores materiales, etc. Muchos moradores de aquel lugar dan testimonio de haberla visto en ciertas ocasiones en algún mercado de las pulgas; no sólo de aquel lugar, sino también, en lugares tan distantes como en Santo Domingo, Puerto Rico, Massachussets, Albany, Búfalo, Nueva York, o en Carolinas del Norte.

Lo que todo el mundo se pregunta es cómo llegó a ser todo aquel espectáculo que aparece a la vista de todo espectador, o ¿por qué no hay en dicha residencia ningún otro objeto que no sean muñecas? ¿Qué pasó con todos los demás objetos normales de aquella residencia? Sin embargo, a medida que usted visita cada habitación y observa cada detalle, de aquel inmenso rompecabezas, la historia de esa misteriosa pareja comienza a salir a flote. Usted no tarda en enterarse de que el esposo de esa señora, a pesar de vivir casi toda su vida rodeada de estos seres diminutos, terminó odiando a las muñecas; porque la esposa, a medida que compraba una nueva colección de muñecas, tenía que reemplazar algún lugar ocupado por las cosas de su esposo.

Lo que en alguna ocasión empezó como un simple objeto de adorno del hogar, se fue convirtiendo en pequeñas colonias de seres diminutos que representaban a todas las especies de la naturaleza. Todos los asientos principales los ocupaba la colección de osos, que se extendían desde la sala hasta el baño. Una habitación entera estaba ocupada por diferentes modelos de elefantes; otra por casitas de diferentes tamaños; la cocina estaba ocupada por la representación de todo animal doméstico desde el gallo hasta el conejo, como si se tratara de un corral. En el pasillo se podía tropezar con algún tipo de venado. Hay quienes aseguran haber oído al esposo quejarse de la esposa, porque ella había reemplazado hasta los clósets de su ropa y algunos de los estantes de sus libros para poner nuevas colecciones de muñecos.

De esta manera, sus libros y ropas y otros equipos del esposo empezaron a aparecer en cajas arrinconadas en un gran depósito que quedaba en la parte posterior de la casa. A penas el esposo salía para su trabajo, o se ausentaba por un corto tiempo, requerido por sus labores, al regresar a la casa se encontraba con lo que para él se había ya convertido en una gran pesadilla. Una vez más, al ausentarse por espacio de una semana, al regresar, encontró casi toda su oficina ocupada por aquellos seres diminutos que tanto odiaba.

"Pero esto es el colmo__ expresó muy irritado un día__. Esto me va a volver loco, tengo que hacer algo con esta mujer…" La esposa que conoció muy bien cuál era la intención del esposo, en ese momento, empezó a hacer de la suya. Pues, ante los ojos asombrados del esposo, empezó a tornar en muñeca todo lo que tocaba con las manos: los libros de la profesión del esposo, los objetos valiosos de oficina, las fotos de su madre y de sus abuelos, etc. De repente, el esposo, desesperado se lanzó sobre ella para evitarlo, y al ser tocado por ella, él también quedó convertido en un gran muñeco, tamaño normal; se trata del segundo gran muñeco que se encuentra ubicado al pasar el umbral de la puerta. Eso explica la mirada extraña, frisada en el muñeco, que parece decirnos algo, o querer explicarnos su desgracia cuando lo vemos. Lo extraño del caso es que, ella misma no pudo escaparse del hechizo, quedando ella misma convertida en esa muñeca grande ubicada a la entrada del pequeño museo y que tanto llama la atención de los visitantes.

En fin, los moradores de aquel lugar de la Montaña Negra de Carolinas del Norte decidieron conservar para la posteridad como un museo, la viva historia de esa misteriosa pareja, o de su misteriosa desaparición. (Oct. 15, 03)

Capítulo 6

La visión de la gloria de Lucía

(Personaje de *La boda increíble, oct. 30, 2011, 9:20 p.m.*)

Me pregunto, ¿Dónde está, oh muerte, tu aguijón? Porque todo mal, todo pesar, todo sufrimiento, lágrimas, dolor, malos pensamientos, ya eso es cosa del pasado. Si a veces nos viene algún breve recuerdo a la mente es sólo para comprobar la gracia y la misericordia en la cual nos encontramos. Aquí todo es gozo y vida permanente. Bien decían los sabios cristianos que la gloria era algo que no podíamos ni siquiera imaginarnos. Estos son nuevos cielos, y nuevas tierras, los cuales no se pueden comparar con nada que hubiéramos visto antes.

Estamos rodeados de ángeles por todas partes. Son nuestros guías y protectores por donde quiera que vayamos. Es que como somos tantos, no quieren que nadie se lastime por la excitación en la que nos encontramos entre tanto gozo, júbilo y alegría. Todo nos viene de Él, Nuestro Gran Dios y Padre Celestial. Todos estamos rodeados de una aurora resplandeciente, una especie de arco iris radiante y a la vez transparente que permanentemente nos guía hacia Él. Nos encontramos en un constante devenir; es como si se tratara de un gran festival religioso de esos que solíamos tener en la tierra.

La música nos llega por cualquier lugar. A veces son huestes de ángeles cantores los que nos rodean. Otras veces son parvadas de aves de todos los tamaños y colores. Hay algo nunca visto en estas aves; no son como las que teníamos en la tierra. Éstas, de todas las maneras y colores, no sólo vuelan boca abajo, sino también, boca arriba. Se desplazan en pequeños círculos e irradian luces y las dulces melodías de sus trinos; ellas, también, nos muestran su júbilo, es como si estuvieran haciendo un espectáculo a nuestro alrededor para entretenernos y alegrarnos con su encanto y aleteo caleidoscópico. Parece como si estuviéramos en la presencia de un paisaje mágico o encantado; pero esas son palabras de la tierra que nos quedan cortas para expresar toda la grandeza de lo que vemos.

Aquí todos es un ¡Ah! ¡Oh! ¡Guao! ¡Es increíble! cada vez que fijamos nuestra mirada en cualquier detalle. Pero estas palabras exclamativas nos vienen de nuestro recuerdo de la tierra. Ellas no pueden captar la total magnitud de lo que vemos, oímos o sentimos constantemente a nuestro alrededor. Siento que hemos desarrollado otros tipos de sentidos que ni siquiera sabíamos que teníamos. Es como si pudiéramos ver con nuestros oídos y hasta por nuestra piel. Si nos acercamos a una rosa de este paisaje natural y celeste, es otro espectáculo; si la tocamos, se transforma en ramilletes de rosas de todos los colores y aromas que nos causan éxtasis y alegría, sinestesias de percepciones sublimes. La sorpresa más agradable es que Nuestro Salvador nos ha dado facultad de crear las cosas que nos gustan a nuestro alrededor en medio de todo este paisaje encantador. ¡Qué gozo es ver brotar todas estas cosas nuevas y encantadoras producto de nuestra imaginación!

Si nos enfocamos en los animales que vemos, notamos que abundan las ovejas y ciervos lanudos de todos los colores y tamaños; además de algunas especies nunca vistas. Todas son partes de este ambiente encantador y sublime en el cual nos encontramos. En este devenir constante hacia Nuestro Padre Celestial, nos desplazamos como si estuviéramos volando. En esta aurora de encanto que nos envuelve, nos guían unos rayos multicolores, agradables y placenteros a nuestra vista y otros sentidos que vamos desarrollando paulatinamente. Es a través de esta resplandeciente aurora que nos llega nuestro sustento físico y espiritual.

La definición del maná de la tierra, los néctares de las flores de antaño y la jalea real le quedan corto al sabor y al placer que sentimos; es como si estuviéramos ingiriendo por nuestras venas celestes: mieles, vegetales y frutas sin que los tuviéramos que comer. Estos rayos luminosos que nos llegan de Nuestro Padre Celestial nos proveen de cuanto nuestro nuevo cuerpo necesita para extender nuestra vida para siempre.

En la tierra, nunca se nos habló de un Jesús constantemente sonriente, alegre y atento como el que graciosamente vemos junto a Nuestro Padre Celestial. Lo vemos sentado junto a su trono de piedras preciosas, rodeado de ángeles y arcángeles que constantemente les sirven, y de las multitudes de nosotros que, constantemente, nos acercamos a Él. Es como si estuviera entretenido en un diálogo eterno con los que se les van acercando, a los cuales mira y sonríe envuelto en una cascada de risas con los que van pasando a su alrededor.

A medida que nos acercamos al Padre o al Hijo, el éxtasis y placer que sentimos no tiene medida ni comparación; todo lo percibimos con nuestros nuevos sentidos, los cuales no sabemos ni cómo funcionan con tanta exactitud y encanto que nos mantienen perplejos y gozosos a cada instante. Bien decían las Escrituras que ya no era necesario la luz del sol ni de la luna ni de las estrellas; pero todo nos parece que sigue existiendo en alguna otra dimensión. Parece que todos esos astros que veíamos antes quedaron opacados por el gran resplandor, luces y rayos luminosos que nos llegan de Nuestro Padre Celestial; y, que penetran todo este mundo encantador, el cual se extiende mucho más allá de los que pueden percibir nuestros ojos y los nuevos sentidos que poseemos. Esta luz es mucho más brillante que la luz del mediodía de cualquier día de esplendor de un día del verano en la tierra.

Estos instantes de recuerdo de la tierra, nos llegan en fracciones de segundo y en cualquier momento. Sólo para que podamos ver y comprender la grandiosidad y magnitud de lo que aquí vemos. Y pensar que esta luz es eterna. Aquí no existe la obscuridad como allá en el mundo físico en el cual solíamos vivir, donde la obscuridad era parte del juego y movimiento de los astros en su pasada creación.

Pero ¿Y nuestros seres queridos, qué pasó con ellos? Pues claro que aquí están todos ellos; son partes de estas grandes multitudes que nos acercamos constantemente hacia nuestro creador y Redentor. A veces nos encontramos con nuestros hijos, hermanos, padres, abuelos, tátara abuelos y tátara abuelas a los cuales nunca habíamos visto; todos ellos vienen a nuestro encuentro, alegres, resplandecientes, sonrientes, y nos abrazan y nos besan; luego, seguimos desplazándonos, a veces juntos y otras veces separados; los nuevos encuentros son constantes e interminables. Jamás hubiéramos podido imaginarnos semejantes cosas.

¿Por qué no es necesaria la luz solar y la de los otros astros que solíamos conocer? Porque aquí existe la verdadera luz, esplendor, brillo, calor eterno, alegría, encanto, música y paisajes eternos, y una paz serena que nos penetra a lo más profundo de nuestra alma. Ahora la luz está en cada uno de nosotros y en todos los seres que nos rodean. El movimiento de las aves celestes, de los ángeles y de los otros seres que se desplazan a nuestro alrededor, dejan el celaje multicolor como los fuegos artificiales que solíamos ver en un día festivo en la tierra; pero en vez de ruidos, lo que percibimos son gratas canciones y alabanzas a Nuestro Gran Rey, al son de las trompetas, arpas y otros instrumentos más dulces y agradables a nuestros sentidos, los cuales no sabemos cómo describir. Todos estos seres son nuestros soles y estrellas radiantes que emanan e irradian la luz y esplendor que recibimos de Nuestro Creador y Redentor. A Él sea la honra y la gloria, ¡Aleluya! Santo, Santo, Santo ¡Amén!

Ese polvo enamorado de que hablaban los poetas en la tierra se ha transformado en polvo viviente e iluminado. Ellos también forman parte de las alabanzas, aplausos y vítores a Nuestro Creador y Redentor ¡Aleluya!

Además, es hermoso ver a esposos y esposas producto de relaciones amorosas inocentes que nunca llegaron a realizarse en la tierra; y que aquí se hicieron realidad; pero todo dentro de esta nueva dimensión espiritual eterna. ¡El Amor ha triunfado! ¡Aleluya! Y los ángeles cantan ¡Alabanzas a Nuestro Salvador y Redentor Eterno!
¡Amén!

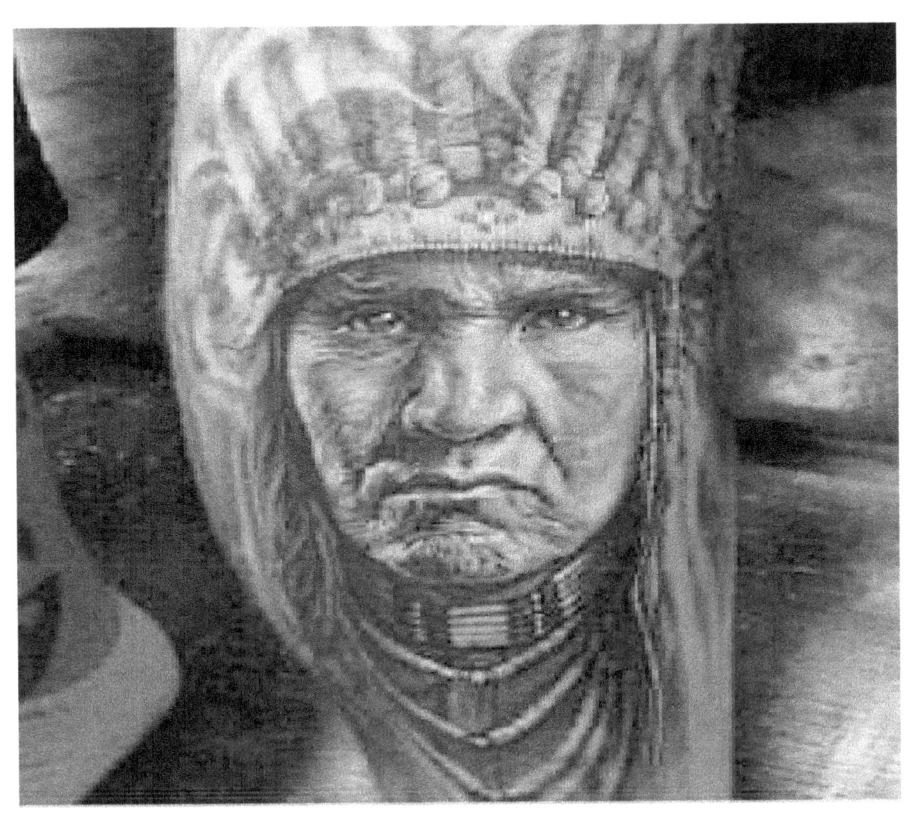

Capítulo 7

El sabio taíno

Otra gran diferencia del Diario original de Colón con la versión del diario recogido por el Padre Bartolomé de las Casas es lo referente al sacerdote indígena, conocido más bien como "El Sabio Taíno." Este sacerdote podía predecir sobre el futuro que, como dije antes, hasta los españoles lo tomaron en serio porque predijo la gran plaga de hormigas que se presentaría en el norte de la isla, lo cual hizo que se mudara la capital de la primera colonia europea del Continente Americano a la parte sur de la isla española. Este hecho se puede verificar en la historia de la primera isla española del caribe, conocida como la Hispaniola.

Fue en esa misma ocasión, cuando apenas se conocía de la construcción del Fuerte de la Navidad, primera fortaleza española en la isla, que el Sabio Taíno también predijo que los españoles harían muchas construcciones verticales; que habría carros voladores, como los pájaros grandes, que volarían por las nubes y que podrán llegar hasta la luna. Se entendió muy bien de que él se refería a algún tipo de nave del futuro porque, aunque el usó la frase de "caballos voladores como pájaros," cuando se le pidió que dibujara cómo serían esos pájaros voladores, él dibujó unos caballos gigantes con sus jinetes; y, en vez de patas, él dibujó dos círculos de cada lado de los caballos, los cuales les pareció muy bien a los españoles que se trataba de una especie de visión de carros con ruedas.

El Diario también especifica que el sabio taíno era uno de los consejeros del Cacique Guacanagarix y que los españoles lo tomaban en serio, no sólo porque predijo de la plaga que hizo cambiar de lugar a la primera capital de la colonia, sino también, porque predijo que en el futuro se levantaría una ola del mar que causaría muchos daños a las poblaciones cercanas a la playa. Esta gran ola es lo que se conoce en tiempos modernos como un tsunami. El primer tsunami, que se registra en la historia de la Dolorosa y que produjo muchas víctimas, aconteció en la tercera década después del cometa Halley.

Ese sabio taíno que hemos mencionado fue también el autor de un relato que aparece en el diario original del Almirante; en ese relato él cuenta que cuando era más joven entró a la cueva de los Haitises para descubrir el origen de su raza porque esa cueva era conocida por sus antepasados como el ombligo de la tierra. Según esa leyenda, todos sus antepasados tuvieron su origen en esa cueva, inclusive todos los otros grupos indígenas de las tierras lejanas del norte y los de las tierras lejanas del sur. También, relata que en esa visita que hizo a la cueva se quedó dormido por mucho tiempo. Su hijo todavía tomaba el seno de su madre cuando entró a la cueva; después de su largo sueño, al volver a la tribu, el hijo era todo un joven. Cuando los otros miembros de la tribu lo vieron se sorprendieron muchísimo porque creían que se trataba de uno de sus dioses; porque salió con una barba blanca y negra que le llegaba a los pies, y su pelo le llegaba a la pantorrilla. Casi no se le entendía cuando hablaba, inmediatamente, empezaron a traerle tributos porque pensaban que realmente era un dios. Tuvo que pasar un gran tiempo explicándoles los detalles de cosas y situaciones que recordaba cuando vivía en medio de ellos para que trataran de recordarlo.

El relato también se refiere a ciertas visiones que tuvo mientras dormía en la cueva. En una de esas visiones, recuerda que pasó meses o años caminando por la cueva; cuando llegaba a una de las aperturas de la cueva, salía a la superficie, veía grandes extensiones de tierra con una naturaleza frondosa y algunos animales extraños, luego volvía a la cueva y continuaba su viaje para salir, después de otro largo tiempo, por otra apertura; al salir a la superficie, en algunas ocasiones vio extensiones de tierras más limitadas que parecían islas rodeadas de agua por todas partes. En otras de sus salidas por las tierras lejanas del norte, o por las tierras lejanas del sur llegó a ver a ciertos grupos de personas parecidos a los de su raza; pero temerosos de ellos volvía a sumergirse a su cueva.

En otra de esas visiones, recuerda que un grupo de hombres blancos había llegado en una yola gigante muy diferente a las que ellos construían; dice que cuando estos hombres se establecieron en tierra se comían todo el oro que hallaban por su camino, y eran amantes de la guerra. Después de mucho tiempo, los hombres blancos trajeron otras yolas gigantes llenas de hombres negros; estos hombres eran más pacíficos; pero se comían todo el carbón negro de la tierra y unas plantas con los tallos dulces que se parecían al bambú y se entretenían colectando rocas para construir casas grandes para los hombres blancos.

Capítulo 8

Los centauros

Mucha gente pensaba que eso de los centauros eran cosas del pasado. Pero una vez, en un lugar del Caribe conocido como la Dolorosa, una bestia de la finca del presidente dio a luz dos centauros muy bonitos, los cuales muy pronto se convirtieron en el centro de la atención de todo el país. El presidente era un líder autoritario de la comunidad al que todo el mundo le temía, por esa razón muchos moradores de dicha comunidad se inventaban muchas formas de elogiar al presidente para congraciarse con él y tenerlo siempre de su lado.

Como una manera de alagar al presidente, y para que les permitieran ir a su finca, todo el mundo empezó a elogiar a las extrañas criaturas; como eso agradaba al presidente, muchos empezaron a idearse maneras de celebrar la existencia de los centauros; así se idearon concursos entre los participantes; luego, se premiaba y se le hacía un reconocimiento público al niño que mejor pintara la imagen de los centauros. Pues de ahora en adelante todos los salones escolares estarían inundados con el despliegue multicolor de todo tipo de imágenes sobre los centauros, así también, en todas las oficinas públicas e instituciones del gobierno, empezaron a aparecer estas preciosas imágenes de los centauros. Muy pronto empezaron a lucirse dichas imágenes en las instituciones privadas del todo el país. También, era interesante ver que en todas las imprentas nacionales los escritores, al publicar sus propios libros, dedicaban la primera página para mostrar la imagen de los centauros, del mismo modo que antes se hacía con su adorada madre, la bestia. Estas imágenes siempre eran acompañadas de una descripción muy expresiva, o de algún pensamiento poético, como solían hacer con su madre.

También, las fotografías, dibujos y pinturas de los centauros aparecían en todos los libros de textos para niños y en las campañas de alfabetización que se llevaban a cabo a nivel nacional. Los diferentes poetas y escritores se las ingeniaban para que estas imágenes aparecieran envueltas entre variadas tramas y composiciones poéticas, narrativas y dramáticas para no cansar al lector. También, se hacían festivales, concursos literarios, ferias del libro, etc. en los cuales los diferentes escritores exponían sus diseños y diversos materiales creativos alusivos a la familia presidencial.

Desde su temprana edad, estos dos hijos del presidente empezaron a tener una educación intensiva en el hogar con maestros altamente especializados en todas las ramas del saber humano. Por eso, su influencia muy pronto se haría sentir por todo el país. En muchas ocasiones, se les llegó a ver en los actos ceremoniales públicos en compañía de sus padres.

Finalmente, hubo casos en los cuales se les permitió aparecer solos en rueda de prensa, en cuyos actos empezaron a dar muestra de sus inusitadas capacidades y talentos; inundando una vez más todos los medios de la presa radial y escrita, y los medios televisivos nacionales e internacionales. Sobre todo, porque ya empezaban a ejercer funciones públicas específicas, las cuales les fueron asignadas por sus padres.

Cuando los centauros se hicieron adultos, su imagen ante el público empezó a cambiar; debido a que su amo, el presidente, se hizo dictador, la gente empezó a despreciarlo; lo mismo pasó con los centauros, cuando éstos se hicieron adultos, su amo empezó a usarlos como un instrumento para maltratar a sus enemigos y opositores. Por eso, se convirtieron en seres malignos que hacían daño a la sociedad.

Después de una nueva ola de ataques de los centauros, cayó una especie de maldición sobre la Villa Dolorosa. Entre las anomalías que se presentaron en algunas de las comunidades del país, como consecuencias de las excursiones de los centauros, había algunos niños con problemas de metabolismo y algunas otras enfermedades. Como el caso de la agonía de una familia que luchaba por curar a un hijo con problema de metabolismo que cada vez que comía carne de cualquier tipo de animal, se le desarrollaba en él esa parte del cuerpo del animal que comía. Por ejemplo, si comía piel de pollo, en alguna parte de su cuerpo, la piel se le volvía igual que la piel de pollo; si comía hígado se le inflamaba el vientre; si comía caldo de patas, le crecían los pies, etc. Habían consultado muchos médicos y nada pasaba.

Algunos vecinos decían que era encantamiento lo que el niño tenía. Todo el mundo en la comunidad empezó a aconsejar a los padres del niño.

__Llévenlo a donde la Señorita__ les decían. La Señorita era la curandera de la comunidad. Se le llamaba así porque nunca se casó y dedicó toda su vida a ayudar a otras personas de la comunidad y a hacer el bien con los poderes sobrenaturales que poseía. Por eso lo llevaron a donde la curandera de la comunidad de la Dolorosa. Ella le aconsejó que dejara de comer carne por algún tiempo, y que comiera solamente vegetales. Desde ese día, el niño se hizo vegetariano. A partir de ese momento, el niño se empezó a sentir bien. Después de ese problema, el niño vivió una larga vida normal, pero después de algún tiempo, murió. El único problema extraño fue que cuando el niño murió, éste se convirtió en un pequeño árbol. Los padres entonces decidieron plantarlo en el patio de la casa.

Hasta el día de hoy, todo el mundo en la comunidad lo conoce como "Juancito, el árbol." Hay quienes afirman que alguna vez escucharon algunas voces provenientes del árbol. Los que no conocen la historia del árbol quedan bien sorprendidos.

(Nota: para una versión más completa de esta historia, véanse mi novela, *La increíble boda de un dictador*).

Capítulo 9

La cueva encantada

En un lugar pintoresco del centro del Caribe, a ciento cincuenta kilómetros al noreste de la ciudad de Santo Domingo se encuentra la denominada Cueva de los Haitises, conocida popularmente como "la Cueva encantada," por las innumerables leyendas e historias tejidas sobre dicha cueva. A través del tiempo, miles de curiosos se han dirigido a ese lugar; unos atraídos por la encantadora belleza natural del paisaje; y, otros, por tratar de averiguar hasta qué punto son reales las diferentes leyendas o acontecimientos ocurridos en dicho lugar.

Algunos científicos afirman que muchas de esas leyendas podrían tener su explicación en unas ondas o fuerzas magnéticas emanadas de las profundidades geológicas de esa cueva por encontrarse ubicada, exactamente, próxima al vértice oeste del Triángulo de las Bermudas, unas de las partes más profundas de la tierra; y por coincidir con la línea marcada por el paso de los huracanes.

El caso es que todas las personas que visitan ese lugar quedan maravilladas por la belleza de la bahía, sus frondosos cayos, la blancura de la arena, la transparencia del agua y las cantidades de pájaros que pululan por ese lugar. El paisaje natural es atractivo en cualquier época del año; pero la variedad y cantidad de pájaros o aves es aún mucho mayor si se visita ese lugar durante el invierno, porque en esa época del año regresan a ese lugar casi todas las aves del norte del Continente Americano que regresan a este lugar para escaparse del rigor del invierno.

Unas de las creencias relacionadas con la cueva es que muchas de las aves, algunos otros animales y las ciguapas (las ciguapas son unos seres misteriosos con los pies invertidos y que caminan hacia atrás) que habitan en el lugar, han sido transformaciones de seres humanos que han pasado por ese lugar a través del tiempo. Muchos visitantes del lugar han reportado haber visto cómo algunas de estas aves, o algunos de estos animales extraños se les han aproximado a ellos, como irritados, en el preciso momento en que se acercaban a la cueva, como si quisieran advertirles a ellos de algo extraño que les pudiera pasar al penetrar a la cueva. Muchos, no toman en serio esos incidentes, porque, simplemente, piensan que se podría tratar de algunas aves o animales celosos que tratan de intimidar a los visitantes, porque pasan muy cerca de donde tienen escondidos sus nidos o sus guaridas.

Se cree que cuando la visita se hace durante algunas de las lunas llenas del año, se puede sentir mejor el efecto encantador y casi mágico de dicha cueva. Especialmente, si se trata de una visita nocturna a dicho lugar. Pero, lo que más se recomienda es una visita durante un día bien claro y radiante como suelen ser la mayor parte del tiempo en el área del Caribe. Muchos de los visitantes que se han atrevido a penetrar en algunos de los puntos estratégicos de la cueva, han reportado haber sentido ciertos fenómenos extraños; por ejemplo: escalofríos, erizamiento de la piel y del pelo, un sudor inesperado y olores extraños; otros han dicho que, al cerrar sus ojos por un momento, han tenido algunas visiones.

Una de las visiones más comunes reportada por los visitantes es que aseguran haber visto en cierto lugar de la cueva una isla gigante poblada de dinosaurios, los cuales se pueden ver a cierta distancia en su ambiente natural como si se estuviera viendo alguna escena cinematográfica.

Otra leyenda sobre la cueva es que, del mismo modo que esta isla fue el comienzo de la civilización europea para todo el Continente Americano, de ese mismo modo, se cree que todos los primitivos habitantes del continente: los taínos, los caribes, los siboneyes, los mayas, los aztecas, los incas, los chibchas, etc. tuvieron sus orígenes en dicha cueva. Por eso, muchos la llaman el ombligo de la tierra. Muchas de estas creencias sobre los encantamientos de esa cueva, también, surgieron como consecuencia de los relatos hechos por un sabio taíno, según se puede apreciar en un manuscrito antiguo que apareció escondido en algún lugar de la cueva.

Capítulo 10

De por qué algunas aves no vuelan.

Se cuenta de que cuando Dios andaba por el mundo, tuvo que pasar un tiempo largo por el desierto. En ese lugar inhóspito, no había nada que comer. Y, como era natural, a él le daba hambre, y de vez en cuando tenía que comer algo para sobrevivir. Ya que su condición humana parecía que le limitaba un poco su poder. Afortunadamente, las aves se sentían misteriosamente atraídas por su presencia en ese lugar. Cada una de ellas le traía algo para comer. Las aves más pequeñas le traían cualquier fruta pequeña de las más deliciosas que encontraban en la lejana foresta. Las aves más fuertes le llevaban de otros tipos de frutas más grandes, pero también muy deliciosas: una manzana, un mango, una pera, una fresa, etc.

Mientras todas iban desfilando en su ardua pero alegre tarea de proveerle algo de comer a su Creador, una de las aves grandes un poco descuidada, y por su cansancio; inadvertidamente, dejó caer algo cerca del Señor, al momento que se despedía volando delante de él. Este simplemente, le dirigió la mirada a dicha ave y ésta cayó al suelo corriendo, y no pudo volar más; pero, por lo menos, siguió viviendo normalmente, aunque sin volver a volar. Se trataba del avestruz y de cualquier otra especie de ave pesada descendiente de ésta.

Capítulo 11

De por qué a las hormigas les gusta tanto la miel

Muchos creen que al principio de la creación las hormigas eran insectos con las mismas características de las abejas y que, también, producían unas de las más ricas mieles que a todas las demás especies les gustaba. Se dice, también, que todas eran capaces de volar para poder así captar el néctar de las flores de las cuales producían su rica miel. Toda su desgracia empezó un día en que una de las hormigas obreras se encontraba buscando cosas que comer en medio de un pajal.

Había allí, además, muchos animales, y en medio de aquel lugar del lejano oriente había un pesebre, y en éste un niño que una joven madre había acostado allí porque no tenía otro lugar más seguro donde ponerlo. La mencionada hormiga había llegado a este pesebre en busca de alguna migaja de pan que el niño había dejado caer en la paja; con el movimiento del niño, la hormiga se asustó, pensaba que se trataba del ataque de algún otro insecto que quería hacer de ella su presa.

Rápidamente, le picó el dedo del purgar del piecito, y el niño gritó. La madre corrió a ver por qué el niño lloraba; revisó al niño y no vio nada en su alrededor, con la excepción de alguna hormiga que merodeaba por el borde del pesebre. Ella, sospechando que se trataba de la picada de alguna hormiga, dijo algo en contra de dichos insectos. El problema fue que esa hormiga nunca sospechó que ese bebé que se encontraba en el pesebre no era como cualquier otro bebé del mundo. Se trataba, nada más y nada menos que del niño Cupido, el hijo de la diosa Venus, cuando por primera vez vino al mundo.

"Se dice que Cupido es hijo de Venus, la diosa del amor y la belleza, y de Marte, el dios de la guerra. Siguiendo esta versión, Cupido habría nacido en Chipre dónde la madre lo tuvo que esconder en los bosques y vivir cuidado por animales salvajes porque el dios Júpiter lo quería fulminar."

Fue en esa ocasión que pasó el incidente de la hormiga atrevida, mientras el niño estaba al cuidado de su madre y antes de haber quedado al cuidado de los animales salvajes.

El caso es que desde esa ocasión, nunca más volvió la hormiga a producir su rica miel, sino que al contrario, se halla condenada a andar buscando siempre algo dulce por dondequiera que van, pasan toda su vida trabajando arduamente, y deseando algún día volver a su naturaleza original.

Capítulo 12

Por qué las mulas no paren

Lisa era una niña muy inteligente, desde muy pequeña mostró su curiosidad por conocer todos los misterios y secretos de la naturaleza. Ella había observado muy bien que todas las especies de animales se reproducían y tenían sus propias criaturas. Sin embargo, un día se le ocurrió pensar por qué las mulas no podían tener bebés como todos los otros animales que había visto. Por eso, le preguntó a su madre; pero ella no le dio una respuesta apropiada.

__No sé mi hija, yo no había observado eso__ le contestó la madre. Pero ella siguió con su inquietud hasta que un día que se hallaba de visita en la casa de su bisabuela, se le ocurrió la idea de preguntarle a ella. Como ésta había vivido toda su vida en contacto con la naturaleza, la niña sabía que la bisabuela le daría una buena explicación. Así que hallándose delante de ella le pregunta:

__Gran, gran-má, ¿por qué las mulas no paren? La bisabuela la miró sonreída e inmediatamente empezó a darle una razón. Le dijo que hacía mucho tiempo cuando Dios andaba por el mundo; la primera vez que lo hizo no vino como un Ser Todopoderoso; sino como un niño, como un bebé como viniste tú, y yo cuando era niña. Un rey malo supo por medio de unos magos que ese niño llegaría a ser El Rey del Mundo, y por eso, empezó a perseguir a todos los niños, porque no sabía cuál de esos niños sería el que llegaría a ser rey y una amenaza para su reinado. Sus padres muy preocupados se escaparon al desierto para proteger su bebé. Mientras iban por el desierto, la madre iba montada con su bebé en una mula, no en una burra como muchos creen.

Cuando iban por la parte rocosa del desierto, la mula estaba muy cansada; en ese momento le pasó una culebra por delante, la mula se asustó y tropezó con una roca; en esos tiempos, la culebra andaba parada verticalmente impulsada sobre la parte inferior de su cola; la madre y el niño cayeron al suelo. Afortunadamente, esta caída no le causó ni un rasguño a la madre ni mucho menos al bebé, pero, naturalmente, no impidió que ella se asustara por el incidente; y, estando un poco enojada con el animal, le deseó al animal que nunca más volvería a tener hijo por causa de lo que había hecho. "No tendrás hijos jamás," le dijo al animal. Del mismo modo le dijo a la serpiente: "De ahora en adelante, caminarás arrastrándote por el suelo." Desde aquel momento, ese pobre animal nunca más volvió a tener una criatura como todas las demás bestias del campo, y la culebra empezó a caminar arrastrándose sobre su vientre sobre el suelo, como lo hacen hoy en día.

Finalmente, Lisa, muy complacida, se quedó meditando sobre la explicación de la bisabuela.

Capítulo 13

El niño que se convirtió en ángel

Todo ocurrió al despertarme un viernes santo muy temprano, después de un profundo sueño mientras dormía. Pues, yo pensaba que se trataba solamente de eso, de un gran sueño; pero no fue así, porque al despertar, me empecé a sentir los promontorios de las alas detrás de cada hombro; sentí que estaban empezando a crecer. No me molestaban, por el contrario, me daban una sensación de paz; y empezaba a sentir mi cuerpo más liviano. Para probarme a mí mismo, daba saltitos al aire, como el primer hombre que fue a la luna; pero me sorprendí al ver que podía elevarme bastante.

Por un instante, me perturbé un poco, porque me puse a reflexionar sobre qué pensaría la gente de mí, de ahora en adelante sobre mi condición de ángel. Se creerán que soy un gallinazo, alguna especie de águila gigante, o un cóndor; de pronto, me di cuenta, que esas ideas absurdas, me las ponía Satanás en mi mente; porque desde niño empezó a hacerme visajes, parece que reconocía que algún día yo sería un buen ángel y que podría bloquear muchos de sus poderes. De modo que, tan pronto como reconocí cual era la fuente de esos pensamientos, empecé a deshacerme de ellos.

Entonces, empecé a sentirme feliz, gozoso, casi eufórico; aunque todavía empecé a encubrir mis tiernas alas por los próximos tres días para que ni mi propia familia se diera cuenta de lo que me estaba pasando. Pero ya no me sentía culpable de nada, al llegar el día de la Resurrección, me sentía jubiloso; a veces me parecía que podía transfigurarme.

Al tercer día, ya las alas estaban muy grandes y ya no tendría manera de ocultarlas. Entonces quise probarme yo mismo; y, antes de que mi familia se levantara y los demás vecinos del barrio, salí al alba; y, entre claro y oscuro, empecé a levantarme; y, en fracciones de segundos, me encontré entre las nubes que a gran altura, ya empezaban a encenderse con sus múltiples colores, al ser alcanzadas por los destellos solares; empecé a jugar con ellas, como si se tratara de grandes almohadones blancos; me viraba sobre ellas; giraba en círculos; me dejaba caer; en fin, pensé que podía pasar gran parte de mi vida en ese juego; pero recordé que tenía que regresar a enfrentar la realidad allá abajo en la tierra con mi familia y con los demás.

No me fue difícil explicarle a mi familia; decidí que era mejor que ellos mismos se percataran de la realidad. Sólo me limité a decirles que las alas me empezaron a salir en la madrugada del Viernes Santo; pero que yo me las cubrí para no preocuparlos a ellos; sin embargo, al llegar el Día de Resurrección, ya no podía ocultarlas porque se habían desarrollado en su tamaño natural. Entonces, les dije "tóquenlas ustedes mismos, muevan las plumas; toquen el tronco de las alas detrás de mis hombros para que vean que todo es natural;" traté de hacerles relajarse porque vi la cara de sorpresa y de asombro que tenían; de repente, a mis hermanas, vi cómo se les engrifaba el pelo cuando me tocaron; una de ellas, cayó al suelo casi inconsciente del choque que le produjo mi impresión; pero al instante, la levanté entre mis brazos; y, en fracciones de segundos, abrió los ojos y empezó a reírse. Todos, entonces, se rieron a carcajadas.

Cuando empezaron a llegar los vecinos por la algarabía de mis hermanos, no me preocupó nada; hice lo mismo con ellos; al verlos con las bocas abiertas, como si estuvieran en una especie trance, también, me les acerqué, e hice que me tocaran para que no tuvieran ningún miedo. Pronto se acostumbraron a mi condición de ángel; y algunos empezaron a pensar cómo podrían beneficiarse de mi facultad de volar. Los más listos fueron los niños, que de inmediato me hicieron que les pasara algunas chichiguas, papelotes o cometas que se les había quedado enredadas en las puntas de los árboles. Yo me sentí contento cuando escuché la voz de mi hermanito que sólo decía: "¡Guao! ¡Guao! ¡Guao!" Otros querían que les pasara algunos de los mangos que se encontraban en las puntas de las ramas altas, los cuales no podían alcanzar ni, aunque trataran de lanzarles rocas.

A medida que se extendían los rumores de mi caso por toda la comunidad, llegó la noticia al sacerdote de la comunidad, el cual no tardó mucho en llegar al escuchar, y al ver a los niños corriendo por las calles que decían:

__ "¡Corran! ¡Corran! ¡Vayan a ver al muchacho que se convirtió en ángel!"

El sacerdote vino, empezó a hacerme preguntas y yo empecé a explicarle. Le dije que desde niño siempre sentía un fuerte deseo de hacer el bien a otras personas; luego, me di cuenta __le dije__ de que, cada vez que quería hacer alguna obra de caridad, Satanás siempre trataba de bloquearme para que no la hiciera; me hacía visajes extraños; fue, entonces, cuando me decidí a buscar en las Sagradas Escrituras la manera de confrontarlo.

También le expliqué al sacerdote que unas de mis lecturas favoritas eran el Salmo 91, el capítulo 53 de Isaías y la historia de la Resurrección de Cristo en el último capítulo de los Evangelios. Le dije que en cuanto empecé a leer esas porciones bíblicas, ya nunca más volví a ver los visajes del Maligno. Era, exactamente, lo que estaba haciendo la noche del Jueves Santo, que casi amanecí leyendo esas porciones bíblicas; hasta que me quedé dormido y caí en un profundo sueño; empecé a soñar que podía volar agitando mis brazos; me elevaba por encima de las montañas, por los valles, por encima del río y del mar; luego, me sentía gozoso cuando pasaba por encima de los techos de las casas; me deslizaba entre los árboles, etc.

Así pasé el resto de la mañana soñando, hasta que me desperté el Viernes Santo, muy temprano, en la mañana; y empecé a sentir los promontorios de las alas que me salían detrás de los hombros; traté de cubrírmelos con mi chaqueta para no preocupar a mi familia, como ya dije, pero al llegar el tercer día, el Día de Resurrección; ya no pude encubrirlas más; entonces fue cuando salí al patio para comprobar el hecho de que podía volar; y que, inmediatamente, desperté a mi familia y le expliqué lo que me había pasado. El párroco estaba tan asombrado y emocionado que, mientras oía mi historia, hasta sin quererlo, le salían palabras religiosas de sus labios, como si estuviera rezando.

En fin, todo quedó bien con él, después que él salió, pensé que lo único que a veces no me agradaba de él era que, muy frecuentemente, quería que yo estuviera en la iglesia para que se la llenara de gente; y, a veces, sentía como si me estuviera usando, al igual que otros vecinos, que siempre venían a buscarme para que les desenredara algún cable o alambre que se les había quedado enredado por encimas de sus casas.

Después de algún tiempo, también, me puse a pensar cuál sería mi meta y mi función de ahora en adelante siendo un ángel. Pero muy pronto reconocí que Dios me había mandado con algún propósito a este mundo; que mi vida no tendría sentido si sólo tuviera que limitarme a ser un simple gallinazo, un aguilucho, o un ángel caído cualquiera; que sólo produjera milagros distorsionados, como en el caso de uno de esos ángeles caídos. Si ése fuera el caso, también, daría lo mismo que me convirtiera en un gran coleóptero. Pero ése no es mi caso; sino que Dios me había puesto aquí con ciertas facultades que iban más allá de las del ser humano; y que, por algún propósito, me había enviado.

Fue así como comprendí que mi propósito era preparar el camino de otros ángeles, de mayores facultades que yo, que vendrían en el futuro a este mundo cuando Dios así lo decidiera. Así es que, para llevar a cabo mi propósito, empecé a incitar y a despertar el poder del bien en las personas; para que pudieran sobreponerse a los impulsos malévolos que Satanás pone en el corazón y en la mente de los hombres, como él quería hacer conmigo cuando yo era niño. Además, creo que lo que Dios ha hecho conmigo, lo hará también con otras personas buenas de este mundo, porque él necesitará a muchos de nosotros para ayudar a salvar a su gente. Por eso, nuestra función es preparar el camino de los ángeles mayores que vendrán a misiones especiales, que tienen que ver con el cumplimiento de los grandes planes de Dios.

Otra facultad que Dios me ha dado es poder leer el pensamiento de los demás, aunque no me encuentre en presencia de ellos. Esto me ha ayudado a descubrir planes diabólicos en algunos individuos que estaban a punto de verter su veneno; y los he bloqueado. También, he notado que cuando algunos de ellos están delante de mí en la iglesia, o en la calle, cuando quieren abrir la boca para decir algo contra mí, quedan como mudos, y huyen de mi presencia. Esto reafirma esas facultades que Dios ha puesto en mí.

En otras ocasiones, he sentido que alguien, en algún lugar, está a punto de perecer y he corrido a socorrerlo. Por ejemplo, alguien que escalaba una montaña; y que había resbalado una de sus conexiones de agarre; o el caso de una niña que cayó en la piscina de su casa tras el descuido de sus padres, o una estufa de gas que estaba a punto de hacer explosión en un hogar de niños, en la ausencia de sus padres; del mismo modo, el caso de un anciano que estaba a punto de ser golpeado por un vehículo al cruzar una calle céntrica de la ciudad; en todos estos casos, he llegado a tiempo para evitarlo.

Sin embargo, los casos en los que más me he gozado, ha sido en prever y desarticular planes macabros, en los cuales yo estaba seguro de que Satanás los había incitado; como planes terroristas; como los accidentes planeados cuando estaban a punto de alterar el motor de un tren o un avión; o planeando el sabotaje en alguna industria. En fin, me he gozado más en desarticular esos planes satánicos, porque sé que no sólo se trataba de poner en peligro la vida de un solo individuo; sino de cientos de personas, o quizás miles que serían afectadas.

El nivel de mi santidad no se limitaría solamente a enderezar entuertos como San Manuel, o Don Quijote. En el caso del primero, enseñando a una comunidad a vivir ciegamente siguiendo una tradición; pero creando dudas espirituales en algunos de sus amigos íntimos. Pues en mi caso, yo incitaría a que la gente siguiera el propósito de sus vidas que Dios les había sembrado en sus corazones. Pues, yo los despertaría y reactivaría la semilla del bien que Dios ha sembrado en ellos. Pues les recordaría el camino de San Francisco, el de la Madre Teresa, o el del Gran Maestro de Galilea.

En el segundo caso, en vez de liberar, como Don Quijote, a un grupo de maleantes que iban rumbo a la prisión por orden del Rey, y que le pagaron con apedrearle; pienso, que mejor iría a las cárceles y les haría ver a las autoridades penitenciales y judiciales quiénes estaban allí por error e injustamente, tras los planes y trampas de personas mal intencionadas que Satanás había puesto en sus caminos.

Pues, ese método me ha funcionado bien hasta con personas de otras religiones, a quienes queriendo reconciliar, les he despertado y reactivado solamente la semilla de la verdad que Dios había puesto en ellos. Mientras a unos les decía, recuerden que no se trata de millones de dioses, que sólo hay un Dios verdadero; a otros les decía, no olviden las enseñanzas de su profeta quien les decía que "la virtud está en que sean sinceros adoradores de Dios… hagan bien a otros… su verdadero enemigo es Satán." De modo que "Dios conoce todo lo que ustedes hacen." Si guardan estos mandamientos ustedes, también, escucharán la trompeta el Día de Juicio para su bien eterno.

Por otro lado, mi peor lucha era con personas envueltas en un mundo de pesadillas, de ordenanzas gubernamentales absurdas, e instituciones de hombres mal intencionados. A unos les hablaba en sueños, a otros les pasaba el mensaje que Dios les mandaba.

Entre mis mayores distracciones, solía valerme del poder curativo de la música, el cual utilizaba como una excusa para perfilar bien el uso de la trompeta, la cual tendremos que usar algún día con mayores propósitos. Pues, muchos venían a oírme tocar, porque hallaban alivio, tanto a sus dolencias físicas, como a sus problemas mentales o emocionales.

Otra cosa que he descubierto es que cuando tengo que rescatar a alguien del fuego, éste no me afecta en nada; puedo atravesar una llama de fuego de la misma manera que atravieso una nube o la niebla. Dios nos ha dado la facultad de guiar y hasta de guerrear por los suyos. La única función que no me gusta es la destruir; ésa la dejo para los ángeles mayores que vendrán detrás de mí.

Algunas veces me ausento, cuando allá arriba es tiempo de la alabanza; pero cuando regreso vuelvo con más energía y fuerza de voluntad para seguir con alegría mi propósito y mis buenas obras. De manera que Dios me ha hecho algo superior a los hombres, pero no me vanaglorio de eso, porque no actúo de mi propia cuenta.

Otras veces, tenemos funciones especiales como cuando servimos al Maestro de Galilea cuando estaba siendo tentado, así también servimos a cualquier persona que él nos indique. Todo esto me da gozo, porque lo que aquí hacemos, son tan sólo ensayos para lo que haremos cuando se nos ordene aquel día tocar la trompeta para servir al Rey de Reyes y Señor de Señores. De modo que cuando Dios nos asigna una misión, todos, gozosamente, tratamos de hacer lo mejor; porque él nos ha prometido que, entre sus legiones de ángeles, sólo siete tendrán la función especial cuando llegue aquel gran día. Es por eso que, entre todos nosotros, siempre brilla la esperanza de llegar a ser uno de los siete.

Y, para terminar, otro consejo que les doy es, no olviden que la mujer fue escogida para llevar el mensaje más grande de la humanidad. Así es que escuchen a sus compañeras, porque algunas de ellas serán las primeras en percibir las señales de que el toque de las trompetas se acerca. Además, ya le he advertido a mi familia que seguiré haciendo mi misión hasta que sea llamado de la tierra. Que ya no tienen que preocuparse por mi edad, ni por mi entierro; que el día de mi llamado, simplemente, me ausentaré y nadie más me volverá a ver hasta el Gran Día de las Trompetas. Fin.

Capítulo 14

Hernán y Graciela, la pobreza

En las proximidades de un gran bosque vivían un pobre leñador con su esposa y sus dos hijos, un chico llamado Hernán y una niña llamada Graciela. Incluso cuando los tiempos eran buenos, a esta familia no le alcanzaba para comer, y además en ese momento todo el país estaba padeciendo una terrible hambruna y muy a menudo el padre ni siquiera alcanzaba a ganar lo suficiente para que tuviesen al menos una ración de pan diaria para cada uno. Dentro de estas penurias la esposa murió de una enfermedad incurable, así fue como se casó con otra mujer para que ésta le ayudara a criar a sus hijos, desafortunadamente, la mujer resultó ser de un corazón muy duro.

Pero, afortunadamente, el padre hacía un gran esfuerzo para ingeniársela con cultivar productos para la comida y eso les alivió por un largo período. También, Hernán contribuía buscando comida para los animales de cría y además, vendiendo frutas y vegetales en el pueblo: mangos, berenjenas, tomates y otros productos de la huerta que tenían en el patio grande de la casa. Esta fuerte labor de la familia les ayudó a contener la miseria y la hambruna por un gran período de tiempo.

Pero, inevitablemente, después de algún tiempo llegó la época de la vaca flaca, y llegó en un momento en que hasta la naturaleza se negó, se presentó una gran sequía que casi les obligó a seguir el plan de racionamiento de la comida de la madrastra.

Cierta noche, cuando el pobre hombre le daba vueltas a la preocupación que sentía debido a su extrema pobreza, se dirigió a su mujer y le dijo:

—¿Qué va a ser de nosotros? ¿Cómo podremos alimentar a nuestros hijos si no nos alcanza ni para comer nosotros?

—Te diré qué podríamos hacer —dijo ella—. Verás. Mañana por la mañana a primera hora les llevaremos hasta lo más profundo del bosque, les dejaremos bien instalados, con un fuego que les libre del frío, un poquito de pan para comer, y los abandonaremos a su suerte. Como no encontrarán el camino de regreso a casa, nos libraremos de ellos.

—No, no, no —dijo el padre—. No pienso hacer nada de eso. ¿Pretendes que abandone a nuestros hijos en el bosque? ¡Jamás! Las alimañas les atacarían y descuartizarían.

—Eres tonto —dijo ella—. Si no nos libramos de ellos, moriremos de hambre los cuatro. Ya puedes empezar a preparar los tablones para construir todos nuestros ataúdes.

E insistió una y otra vez, sin dejarlo tranquilo, hasta que el hombre cedió.

—De todos modos, no me gusta nada esta idea —dijo él—. Siguen dándome muchísima pena...

En la habitación contigua los niños estaban aún despiertos. El hambre que sentían era tan intensa que no lograban dormirse, y oyeron todas y cada una de las palabras que pronunció su madrastra.

Graciela lloraba amargamente y dijo en voz muy baja:

—¡Ay, Hernán! ¡Esto será nuestro final!

—Calla —dijo Hernán—. Se me ha ocurrido una idea, deja de preocuparte.

Tan pronto como los mayores se quedaron dormidos, Hernán se levantó de la cama, se puso su vieja chaqueta, abrió la parte inferior de la puerta y, reptando, salió. La luna brillaba con mucha intensidad, y los guijarros blancos que había delante de la casa relucían como monedas de plata. Hernán se puso en cuclillas y cogió todos los guijarros que cupieron en sus bolsillos.

Después volvió a entrar, se metió en la cama y susurró:

—No te preocupes, Graciela. Duérmete. Dios cuidará de nosotros. Además, tengo un plan.

Al amanecer, antes de que empezara a salir el sol, la mujer se acercó a los niños y les quitó las mantas.

—¡Venga, en pie, gandules! —gritó—. Saldremos al bosque a buscar leña.

Les dio sendos pedazos de pan seco y dijo:

—Esto es lo que tenéis para el almuerzo, así que no os lo zampéis deprisa y corriendo, que luego no tendréis nada más.

Graciela metió los dos trozos de pan en el bolsillo de su delantal, porque los bolsillos de Hernán estaban atiborrados de piedras. Y enseguida partieron hacia el interior del bosque. De vez en cuando Hernán se detenía y miraba hacia atrás para ver si aún divisaba la casa, hasta que su padre le preguntó:

—Oye, chico, ¿se puede saber qué haces? Camina. Usa las piernas.

—Estaba mirando a mi gatito blanco. Se ha subido al techo y se ha sentado ahí — dijo Hernán—. Me está diciendo adiós.

—Si será necio este chico —dijo la mujer—. Eso no es tu gatito. Es el reflejo en la chimenea de un rayo de sol.

En realidad, Hernán se había dedicado a ir tirando piedrecitas a su paso, una por una, y miraba atrás porque quería asegurarse de que dejaban un rastro visible.

Una vez alcanzaron el corazón del bosque su padre les dijo:

—Coged unas cuantas ramas. Encenderé un fuego para que no os congeléis.

Los niños cogieron unas ramas, hicieron con ellas un gran montón, y su padre encendió el fuego. Cuando ya ardía con buena llama, la mujer dijo:

—Poneos cómodos, pequeños. Tumbaos junto al fuego y aprovechad el calor para dormir un rato. Nosotros iremos entretanto a talar algunos troncos, y vendremos a buscaros cuando hayamos terminado.

Hernán y Graciela se tendieron junto al fuego. Cuando calcularon que era la hora del almuerzo, se comieron sus trozos de pan. Alcanzaban a oír los ruidos de un hacha no lejos de allí, y dedujeron que su padre trabajaba en un lugar cercano; pero en realidad lo que oían no eran hachazos, sino el ruido que hacía una rama que el padre había dejado atada a un tronco para que se moviera con el viento, que la hacía balancear, y era eso lo que producía el golpeteo que ellos tomaron por hachazos. Los dos niños permanecieron largo rato allí sentados, y poco a poco notaron que los párpados se les iban cerrando. Cuando pasó la tarde y comenzó a oscurecer, se colocaron muy juntitos y se quedaron dormidos.

Cuando despertaron reinaba la noche alrededor de ellos. Graciela se puso a llorar.

—¡Nunca conseguiremos encontrar la salida! —dijo la niña sollozando.

—Espera a que salga la luna —dijo Hernán—, y verás en qué consiste mi plan.

Cuando por fin salió, la luna era muy grande y brillaba con intensidad, y las piedras blancas que Hernán había ido tirando relucían como monedas recién acuñadas. Cogidos de la mano, los niños siguieron el rastro durante toda la noche y justo cuando amanecía llegaron a casa de su padre. La puerta estaba cerrada, y llamaron muy fuerte. Cuando salió la mujer a abrir la puerta, también sus ojos se abrieron mucho, reflejando su disgusto.

—¡Menudo par de desdichados! ¡No sabéis lo mucho que nos hemos preocupado por vosotros! —Y los abrazó con tal fuerza que casi no les dejaba respirar—. ¿Por qué habéis dormido tanto tiempo? ¡Creíamos que no queríais regresar! Y les pellizcó las mejillas como si estuviese verdaderamente contenta de verlos allí de nuevo. Un momento después, cuando salió su padre, y mostró en el rostro auténtica alegría, supieron que él no había querido abandonarles.

De modo que esa vez se salvaron. Pero al cabo de no mucho tiempo, la comida volvió a escasear y hubo muchísima gente que pasaba hambre. Una noche los niños oyeron a la mujer hablar con su padre y decirle:

—Esto va de mal en peor. Sólo nos queda una hogaza de pan, y cuando se termine vamos a morirnos todos de hambre. Tenemos que librarnos de los niños, y esta vez debemos asegurarnos de que nos libramos de ellos de verdad. La otra vez debieron de usar alguna clase de truco, pero si los llevamos a un lugar del bosque que sea muy remoto, entonces no encontrarán la salida.

—No me gusta esa idea —dijo el padre—. En el bosque no hay solamente alimañas, sino que también abundan los duendes, las brujas y Dios sabe qué más. ¿No sería mejor repartirnos esta última hogaza con los niños?

—No seas necio —dijo la mujer—. Eso que dices es una insensatez. Lo malo de ti es que eres demasiado blando. Blando y necio. Y siguió criticándole e insultándole, y él no fue capaz de defenderse. Cuando has cedido una vez, seguirás cediendo siempre. Los niños estaban despiertos, y oyeron la conversación. Cuando los mayores ya dormían, Hernán se levantó e intentó salir de nuevo afuera, pero la mujer había cerrado el cerrojo y escondido la llave. Sin embargo, cuando Hernán volvió a la cama trató de consolar a su hermana, diciéndole:

—No te preocupes, Graciela. Ahora, duerme. Dios nos protegerá.

El día siguiente, al amanecer, la mujer les despertó, tal como había hecho aquella otra vez, y dio a cada uno un pedazo de pan, aunque esta vez era más pequeño incluso. Y mientras se internaban en el bosque Hernán fue desmigajando el pan y dejando caer migas por el camino, deteniéndose a menudo para comprobar que eran visibles.

—Camina, Hernán, no te pares —decía su padre—. Y deja de mirar atrás todo el rato.

—Trataba de ver si divisaba a mi paloma en el techo de casa —dijo Hernán—. Ha subido allí para despedirse de mí.

—Serás bobo —dijo la mujer—. No es tu paloma. Es el sol que hace brillar la chimenea. Venga, camina a buen paso.

Hernán no volvió a mirar atrás, pero siguió desmigajando el pan dentro del bolsillo y dejando caer migas de vez en cuando. La mujer les obligó a caminar más deprisa, y aquel día penetraron en lo más profundo del bosque, hasta lugares a los que jamás habían llegado.

Al final la mujer dijo:

—Así está bien.

Y de nuevo encendieron un fuego para dejar a los niños esperando.

—No se os ocurra moveros de aquí —les dijo la mujer—. Sentaos y no os mováis hasta que volvamos. Bastantes preocupaciones tenemos ya. Sólo falta tener que buscaros. Al atardecer estaremos de regreso.

Los niños permanecieron allí sentados hasta que les pareció que era mediodía, y a esa hora se repartieron el pedazo de pan que le había correspondido a Graciela, porque a Hernán no le quedaba ni una sola miga del suyo. Después de comer se quedaron dormidos, y pasó el día entero, y nadie fue a buscarlos.

Cuando despertaron ya se había hecho de noche.

—Tranquila, Graciela, no llores —dijo Hernán—. Cuando salga la luna se verán las migas y entonces encontraremos el camino de vuelta a casa. Salió la luna, empezaron a buscar el rastro de migas, pero no encontraron ninguna. Los miles de pájaros que viven en el bosque y en los campos se las habían comido todas.

—Ya verás cómo encontramos el camino —dijo Hernán

Pero, tras probar en muchas direcciones, les resultó imposible encontrar el camino de regreso a casa. Se pasaron toda la noche caminando, y luego caminaron durante todo el día, pero no sirvió de nada. Se habían perdido. Y, además, estaban hambrientos, terriblemente hambrientos, pues en todo el día sólo pudieron comer un puñado de bayas que encontraron por el bosque. Y al final se sintieron tan cansados que se tumbaron al pie de un árbol y allí mismo se quedaron dormidos.

Cuando, el tercer día, despertaron de nuevo, y trataron con mucho esfuerzo de ponerse en pie, seguían estando perdidos, y tenían la sensación de que cada paso que daban hacía que se internaran más y más hacia el corazón del bosque. Si no encontraban pronto a alguien que les ayudara, acabarían muriendo allí.

Pero al mediodía vieron un pájaro blanco como la nieve que estaba posado en la rama de un árbol. Cantaba de una manera tan bella que se pararon a escuchar sus trinos. Luego abrió las alas, remontó el vuelo y se posó en otro árbol algo más alejado, y ellos dos le siguieron. Una vez colgado en la nueva rama el pájaro volvió a cantar, y después voló otro trecho, y como no volaba muy veloz les permitía ir siguiendo su avance, y casi parecía que estuviese guiándoles. Hasta que de repente se encontraron delante de una casita. El pájaro se había posado esta vez sobre el techo, y el aspecto del techo era bastante extraño.

—¡Ese techo es de pastel! —dijo Hernán.

En cuanto a las paredes:

—¡Están hechas de pan! —dijo Graciela.

Y las ventanas eran de azúcar.

Los pobres niños tenían tanta hambre que ni siquiera se les ocurrió llamar primero y pedir permiso. Hernán rompió un pedazo del techo, y Graciela rompió una ventana, y los dos se sentaron y empezaron a comer sin esperar nada más. Al cabo de unos cuantos bocados, oyeron una voz suave procedente del interior de la casa que decía:

Come,   come

ratoncillo,

¿quién se come

mi tejadito?

Y   los   niños

respondieron:

Es una ráfaga

de viento

porque sopla el Niño del Cielo.

Y tras decir eso siguieron comiendo, porque su hambre era voraz. A Hernán le gustó tantísimo el sabor del techo que cogió otro pedazo, tan largo como uno de sus brazos, y Graciela arrancó con cuidado otro de los cristales de la ventana y se puso a darle un mordisco tras otro. De repente, se abrió la puerta y apareció una mujer vieja, viejísima, que cojeaba mucho al andar. Hernán y Graciela se quedaron tan pasmados que pararon de comer y se la quedaron mirando de hito en hito y con la boca llena.

La vieja, sin embargo, meneó la cabeza y les dijo:

—¡No os asustéis, pequeños! ¿Quién os trajo hasta este lugar? Andad, chiquillos, entrad y descansad en este lugar tan sabroso. ¡Os sentiréis tan seguros como en casa!

Les dio unos pellizquitos cariñosos en las mejillas, los cogió a cada uno de una mano y los condujo al interior de la casita. Y fue como si la vieja hubiera sabido que estaban a punto de llegar, pues encontraron dentro una mesa preparada con dos sillas, y ella les sirvió una comida deliciosa a base de leche y buñuelos espolvoreados de azúcar y especias, y también manzanas y nueces.

Después les indicó un cuarto donde había un par de camas preparadas con unas sábanas blancas como la nieve. Hernán y Graciela se durmieron al instante. Pero el trato amistoso de aquella vieja era sólo una apariencia. En realidad, se trataba de una bruja malvada, y había construido esa casa para atraer y atrapar a los niños. Cada vez que capturaba a uno de ellos, tanto si era chico como si era chica, lo mataba, lo cocinaba y luego se lo comía. Cada vez que pillaba a un crío, aquello era para ella como la mayor de las fiestas. Al igual que todas las brujas, sus ojos eran rojos y su vista no tenía mucho alcance. Pero tenía muy buen olfato, y en cuanto había algún ser humano en las cercanías, se enteraba enseguida. Cuando vio que Hernán y Graciela se habían arrebujado bien en sus camas, la bruja soltó una risotada y se frotó con fruición las nudosas manos.

—¡Ya los tengo! —cacareó con una risilla aguda—. ¡Ya no podrán escapar!

A la mañana siguiente, se levantó y fue al cuarto de los niños. Se quedó unos instantes contemplándolos. Aún dormían. Aquellas mejillas sonrosadas de los críos le resultaban tan apetitosas que tuvo que contenerse para no agarrarlas en ese mismo instante. «¡Qué bocados tan sabrosos!», pensó.

Luego cogió a Hernán y, antes de que el crío pudiese chillar, lo sacó de la casa a rastras y lo dejó encerrado en una jaula que había dentro de un cobertizo. Cuando ya estaba enjaulado, el niño se puso a gritar, pero no servía de nada, pues nadie podía oírle. Luego la bruja despertó a Graciela diciéndole:

—¡Despierta, holgazana! Vete a buscar agua al pozo y luego cocinarás alguna cosa para tu hermano. Está en el cobertizo, y quiero engordarlo. Y cuando ya esté lo bastante gordito, me lo voy a comer.

Graciela se puso a llorar, pero de nada le sirvió: no tenía más remedio que cumplir todas las órdenes de la bruja. Y así fue como cada día le sirvieron a Hernán los manjares más deliciosos, mientras que ella tenía que conformarse con chupar caparazones de cangrejos.

Con su paso cojitranco, y apoyándose en el bastón, la bruja iba todas las mañanas al cobertizo y le decía a Hernán:

—¡Eh, chico! Saca el dedo, a ver si ya has engordado lo suficiente.

Pero Hernán, que era muy listo, sacaba por entre los barrotes un hueso mondo y lirondo que había encontrado en el suelo, y la bruja, con sus ojos rojos, lo miraba y creía que era el dedo del niño. Y no lograba entender por qué Hernán seguía sin engordar.

Pasaron cuatro semanas y la bruja aún creía que Hernán estaba demasiado flaco. Pero al pensar en lo sonrosadas que tenía las mejillas, no pudo seguir esperando y dijo a Graciela:

—¡Eh! ¡Niña! Ve a buscar agua. Trae mucha. Llena hasta arriba la marmita, y pondremos el agua a hervir. Gordo o flaco, rollizo o delgaducho, voy a sacrificarlo mañana mismo y lo herviré y haré con él un buen guiso.

La pobre Graciela se puso a llorar y llorar, pero no tuvo más remedio que obedecer a la bruja e ir a buscar agua.

—¡Dios mío, ayúdanos! —sollozaba—. ¡Si nos hubiesen comido los lobos en el bosque, al menos habríamos muerto juntos!

—Deja ya de lloriquear —dijo la bruja—. No te servirá de nada.

Al día siguiente, Graciela tuvo que encender el fuego en una cavidad situada debajo del horno.

—Primero hornearemos el pan —dijo la bruja—. Ya he amasado la harina. A ver ese fuego, ¿está lo suficientemente vivo?

Arrastró a Graciela hasta la puerta del horno. Debajo de la base, que era una reja de hierro, el fuego ardía vivamente lanzando chispas y llamas muy rojas.

—Métete ahí dentro y mira si el fuego arde bien —dijo la bruja—. Anda, no te entretengas. ¡Adentro!

Por supuesto, lo que la bruja quería hacer era encerrarla en el horno en cuanto Graciela se asomara, para de paso cocinarla también a ella. Pero la niña adivinó las intenciones de la bruja y dijo:

—No acabo de entenderlo. ¿Tengo que asomarme ahí? ¿Cómo tengo que hacerlo? No sé cómo.

—Serás necia —dijo la bruja—. Échate a un lado. Te voy a enseñar yo. Es la mar de fácil.

La bruja agachó la cabeza y la introdujo en el horno. Y en cuanto lo hizo, Graciela le dio semejante empellón que la bruja perdió el equilibrio y cayó dentro. Graciela cerró enseguida la puerta y la aseguró con una barra de hierro. De dentro del horno empezaron a oírse toda clase de gritos espantosos, terribles chillidos y gemidos, pero Graciela se tapó las orejas y salió corriendo afuera. La bruja murió quemada en el horno.

Graciela corrió al cobertizo y gritó:

—¡Estamos salvados, Hernán! ¡Esa vieja bruja ha muerto!

Hernán salió de un brinco, feliz como un pájaro cuando le abren la jaula. ¡Qué felices eran los dos niños! Se abrazaron, saltaron de contentos, se besaron en las mejillas. Ya no tenían que temer nada más, de manera que entraron en la casa y empezaron a mirar por todas partes. En todos los rincones encontraron baúles y cajones llenos de piedras preciosas.

—¡Son mejores que las piedrecillas! —dijo Hernán, metiéndose unas cuantas piedras muy bellas en los bolsillos.

—Yo también voy a coger —dijo Graciela, y se guardó un montón en los bolsillos del delantal.

—Y ahora ya podemos irnos de aquí —dijo Hernán—. Alejémonos de estos bosques infestados de brujas.

Se pusieron a caminar y, al cabo de unas horas, llegaron a orillas de un lago.

—No vamos a poder cruzarlo —dijo Hernán—. No veo ningún puente.

—Ni hay tampoco ningún bote —dijo Graciela—. Mira allí, ¡un cisne grande y fuerte, un cisne blanco! Voy a ver si nos puede ayudar a cruzar.

Y le gritó:

> *¡Eh, cisne, cisne guapo y fuerte!*
>
> *¿Podrías darnos un*
>
> *poco   de   suerte?*
>
> *Ayúdanos a llegar a*
>
> *la   otra   orilla   de*
>
> *estas   aguas*
>
> *profundas y frías.*

El cisne nadó hacia ellos y Hernán se montó encima.

—¡Ven, Graciela, sube tú también! —dijo.

—¡No! ¡Sería demasiado peso! —dijo Graciela—. Mejor que nos lleve de uno en uno.

Y eso hizo el buen cisne, primero cruzó a uno y después al otro. Cuando ya estaban sanos y salvos en la otra orilla, siguieron caminando y, poco a poco, comenzaron a reconocer el bosque en el que se encontraban. Finalmente, distinguieron a lo lejos su casa, y fueron corriendo hacia ella. Y se arrojaron en los brazos de su padre. El pobre hombre no había tenido ni un instante de calma desde que abandonó en el bosque a sus hijos. Poco después de esa triste jornada, su mujer falleció, y él se quedó completamente solo, y más pobre que nunca. Pero Graciela le mostró las joyas que llevaba guardadas en los bolsillos de su delantal, y Hernán también lanzó sobre la mesa los puñados de piedras preciosas que él había cogido.

De manera que todas sus penas terminaron en ese momento y vivieron felices el resto de sus días.

Colorín

colorado este

cuento se ha

acabado.

Capítulo 15

Los duendes

Érase una vez un zapatero que, sin que mediara ninguna culpa por su parte, se fue haciendo cada vez más pobre. Tanto, que apenas si le quedaba ya cuero, pues apenas tenía el suficiente para hacer un solo par de zapatos. Cortó el cuero por la tarde, con idea de ponerse a coser los zapatos a la mañana siguiente, y después se fue a dormir. Estaba muy despejado, de manera que rezó sus oraciones y luego durmió pacíficamente.

A la mañana siguiente se despertó, comió un pedazo de pan seco, y se sentó a su banco de trabajo. Y de repente vio que los zapatos ya estaban hechos. Se quedó deslumbrado. Los cogió y los miró y remiró desde todos los ángulos posibles. Cada puntada estaba hecha a la perfección, cada parte del zapato estaba en su sitio. No habría sido capaz de hacerlos mejor.

Muy pronto entró un comprador, que necesitaba unos zapatos de esa talla exactamente, y ese par le gustó tanto que los compró, pagando por los zapatos un buen precio.

Con ese dinero el zapatero podía comprar cuero para hacer otros dos pares de zapatos, y así lo hizo. Y, de la misma manera que la otra vez, cortó el cuero por la tarde, con intención de proseguir el trabajo a la mañana siguiente, esta vez con muy buen ánimo. Pero no tuvo necesidad de continuar: cuando despertó, los zapatos ya estaban hechos, igual que la vez anterior, como si los hubiese cosido un maestro del oficio.

Pronto encontró compradores para los dos pares, y de este momento le quedó un beneficio suficiente como para comprar cuero para hacer cuatro nuevos pares. Compró el cuero, y a la mañana siguiente todos los zapatos ya estaban hechos, los vendió también, y así sucesivamente. Por la tarde cortaba el cuero, y al día siguiente, los zapatos aparecían hechos, y de este modo muy pronto se encontró con que obtenía unos buenos ingresos, y no transcurrió mucho tiempo antes de que se convirtiera en un hombre rico.

Una tarde, cuando ya se aproximaba la Navidad, cortó como de costumbre el cuero para hacer más zapatos y, cuando ya iban a acostarse le dijo a su mujer:

—¿Qué te parece si esta noche nos quedamos despiertos un rato, a ver si de este modo averiguamos quién ha estado ayudándonos?

A su esposa le pareció buena idea, así que encendieron una lámpara y se quedaron esperando escondidos detrás de un perchero de un rincón del taller, detrás de las perchas con ropa colgada.

A medianoche, dos hombrecitos desnudos se colaron por debajo de la puerta, pegaron sendos saltos para subirse al banco de trabajo, y se pusieron de inmediato a trabajar, y cosieron todos los zapatos a una velocidad que al zapatero le parecía increíble. No pararon hasta haber terminado toda la tarea, dejaron después los zapatos en el banco y se fueron otra vez por debajo de la puerta.

A la mañana siguiente, la esposa del zapatero dijo:

—Me parece que deberíamos devolverles el favor a estos hombrecillos. Al fin y al cabo, nos han hecho ricos, y ya les ves a los pobres, andando por ahí sin una ropa adecuada para protegerse del frío. Voy a coser para ellos unas camisas y unas chaquetas, algo de ropa interior y unos pantalones, y además tejeré para ellos dos pares de calcetines. Y tú podrías hacerles unos zapatitos.

—Es una buena idea —dijo el zapatero, y ambos se pusieron a trabajar.

Aquella tarde dejaron en el banco toda la ropa en lugar del cuero para hacer más zapatos, y volvieron a esconderse para ver qué hacían aquellos hombrecillos. Los dos entraron a medianoche, saltaron como la otra vez al banco dispuestos a ponerse a trabajar, pero se quedaron parados de sorpresa viendo toda esa ropa, y empezaron a rascarse perplejos la cabeza. Al fin comprendieron para qué era todo eso, saltaron de alegría, se vistieron al momento, se atildaron lo mejor posible, y acabaron poniéndose a cantar:

Saltaron del banco, ágiles como mininos, y siguieron saltando y brincando por las sillas, el banco, el hogar, el alféizar de la ventana, y, finalmente, se colaron por debajo de la puerta y desaparecieron. Pues, llegaron a pensar que el zapatero ya no necesitaba de su ayuda, y que regresarían de ocasión en las Navidades y épocas en que tuvieran de trabajo un montón.

De ese modo, el zapatero continuó haciendo su trabajo para todos los moradores de la comunidad. Así que el zapatero continuó haciendo sus zapatos, sólo que ahora los hacía mucho mejor, gracias a las técnicas aprendidas de esos duendecillos de la perfección; pues, además de los zapatos de los clientes comunes, nunca faltaron los del estudiante, los del alcalde, los del maestro de escuela y los del doctor.

El zapatero siguió progresando. A partir de entonces, el trabajo siempre fue bueno, y él y su esposa vivieron felices el resto de sus vidas.

Capítulo 16
Blancanieves

Cierto día de invierno, cuando caían como plumas los copos de nieve, había una reina sentada a la ventana, que tenía un marco de la más negra caoba que pueda imaginarse. Abrió la ventana para alzar la vista al cielo, y al mover la mano se pinchó, y tres gotas de sangre cayeron sobre la nieve que cubría el alféizar. Viendo lo bonita que era la combinación del rojo y el blanco, se dijo a sí misma: «Me gustaría tener un hijo tan blanco como la nieve y tan rojo como la sangre, y tan negro como el marco de esta ventana.»

Y poco después, tuvo una hijita, que era tan blanca como la nieve y tan roja como la sangre y tan negra como la caoba, y la llamaron Blancanieves. La reina murió tan pronto como nació su criatura.

Un año después el rey se casó con otra mujer. Era bella, pero también orgullosa y arrogante, y no soportaba la idea de que hubiese otra mujer que fuese más bella. Tenía un espejo mágico, y todas las mañanas se ponía delante de él, miraba su reflejo y decía:

Espejo, mágico espejo, ¿cuál es la más bella del reino?

A lo que el espejo respondía:

Majestad, tú eres la más bella de todas las mujeres.

Y ella se quedaba muy satisfecha al oírlo, pues sabía que aquel espejo sólo podía decir la verdad.

Entretanto, sin embargo, Blancanieves había ido creciendo. A los siete años era tan bonita como un día de primavera, y de hecho era más bella que la reina.

De modo que un día, cuando la reina le preguntó a su espejo:

Dime espejo, mágico espejo, ¿cuál es la más bella del reino?

Esa vez el espejo respondió:

Sigues siendo bella, majestad, pero Blancanieves

lo es ahora mucho

más.

La reina se espantó muchísimo al oírlo. La envidia empezó a revolverle las tripas, y su tez, hasta entonces perfecta, adquirió un color verde amarillento. A partir de entonces, cada vez que su mirada se posaba en Blancanieves notaba que el corazón se le endurecía porque se le había llenado de un odio malevolente. La envidia y el orgullo crecieron dentro de la reina como una mala hierba, y no encontraba la paz ni de día ni de noche.

Finalmente, llamó a uno de los cazadores del rey y le dijo:

—Llévate a esa niña hasta lo más profundo del bosque. No quiero volver a verla en mi vida. Antes de regresar cerciórate de que ha muerto, y trae contigo como prueba sus pulmones y su hígado.

El cazador cumplió sus órdenes. Cuando llegó con Blancanieves a un rincón muy alejado y profundo del bosque, sacó el cuchillo de monte. Pero cuando iba a clavárselo en el inocente corazón de la muchacha ella comenzó a suplicar:

—¡Perdóname la vida! ¡Te lo ruego, cazador! ¡Te prometo que huiré hacia el corazón del bosque y que nunca más volveré a casa!

Como era tan bonita, el cazador se apiadó de ella y dijo:

—Pobre niña. Sea. Vete de aquí, huye bien lejos.

«De todos modos, las fieras del bosque se la comerán muy pronto», pensó, pero su corazón sintió como si le quitaran una pesada carga de encima de sólo saber que no iba a hacer falta que la matase.

En ese momento surgió de entre los matorrales un joven jabalí. El cazador lo mató, le arrancó los pulmones y el hígado, y los llevó de regreso para presentarlos ante la reina como prueba de la muerte de Blancanieves. La malvada reina ordenó al cocinero que echara sal y pimienta en los despojos, que los rebozara en harina y los friese, y se los comió sin dejar ni pizca. Y, pensó la reina, ese era el fin de Blancanieves.

Entretanto, sin embargo, Blancanieves, se había quedado sola en el bosque, y no supo al principio qué hacer. Miró a su alrededor, pero nada de lo que vio en las hojas y los arbustos le dio la menor indicación. Sintió, entonces, mucho miedo y salió corriendo, haciendo caso omiso de las piedras afiladas y las zarzas espinosas y los animales que saltaban a su paso. Y corrió y corrió, y justo cuando la luz del día se iba apagando y se acercaba la noche, vio una casita. Llamó a la puerta, pero no había nadie, así que entró y trató de descansar.

En esa casita todo era muy pequeño, pero también lo encontró todo muy pulcro y ordenado. Junto al fuego había una marmita con un cocido, y vio también una mesa dispuesta con un mantel tan blanco como la nieve y sobre él siete escudillas diminutas, con una rebanada de pan al lado de cada una, y siete cuchillos y siete tenedores y cucharas, y otras tantas tacitas. En el piso de arriba encontró siete camitas, todas en fila. Estaban muy bien hechas, con sábanas blancas como la nieve, y junto a cada camita había una mesilla de noche con un vasito y su cepillito de dientes.

Blancanieves tenía hambre y sed, de modo que comió un poco del cocido que estaba caliente en la marmita, cogió un pedacito de cada rebanada de pan y bebió un sorbito de vino de cada tacita. Y, entonces, dándose cuenta de que estaba extenuada, fue a tumbarse a una de las camitas de arriba, pero le quedaba muy pequeña. Probó después en otra y al final encontró una que le iba a medida. Así que dijo sus oraciones, se tumbó, cerró los ojos y al cabo de un momento ya dormía.

Cuando se había hecho de noche, pasado un buen rato, llegaron los dueños de la casita. Eran siete enanitos, que se ganaban la vida en la mina, extrayendo oro de las profundidades de las montañas. Entraron y encendieron sus lámparas de minero. Y, enseguida, se fijaron en que las cosas no estaban tal como ellos las habían dejado.

—¡Alguien se ha sentado en mi silla!

—¡Alguien ha comido de mi escudilla!

—¡Eh, fijaos, alguien le ha dado un mordisco a mi pan!

—¡Alguien ha usado el cucharón y se ha servido un poco de cocido!

—¡Y han usado mi cuchillo!

—¡Y han usado mi tenedor!

—¡Y han bebido de mi tacita!

Se miraron boquiabiertos los unos a los otros. Miraron todos juntos hacia el techo, subieron las escaleras de puntillas, miraron sus camas, y susurraron:

—¡Alguien ha probado mi cama!

—¡Y la mía...!

—¡Y la mía...!

—¡Y la mía...!

—¡Y la mía...!

—¡Y la mía...!

—¡Eh, mirad lo que hay aquí!

El séptimo enanito había encontrado dormida en su cama a Blancanieves. Se acercaron todos de puntillas y la miraron embelesados. La luz de una de las lámparas iluminó el rostro que la muchacha había apoyado en la blanquísima almohada.

—¡Santo Cielo! ¡Qué criatura tan bella!

—¿Quién puede ser?

—¡No la despertéis! Duerme profundamente...

—¡Qué cara tan bonita!

—¿De dónde habrá venido?

—¡Es un misterio, hermanos! ¡Un misterio insondable...!

—Volvamos abajo. Tenemos que pensar qué hacemos... Bajaron nuevamente de puntillas y se sentaron en torno a la mesa.

—Pobrecita, ¡parece estar exhausta!

—Será mejor que no la despertemos.

—Ni siquiera mañana cuando amanezca, sería muy pronto para ella.

—Tal vez haya huido de una bruja que la perseguía...

—¡Qué bobo eres! ¡Las brujas no existen!

—Me parece que es un ángel.

—Sí, supongamos que lo sea. Pero ¿dónde voy a dormir yo? Está tendida en mi cama.

Los otros seis se pusieron de acuerdo en permitirle que compartiera con ellos la cama, y que lo mejor sería que durmiese una hora en la de cada uno de los demás. Y se echaron todos a dormir.

A la mañana siguiente, cuando Blancanieves despertó y se encontró con que los siete enanitos estaban mirándola (porque ellos se habían despertado y vestido hacía un buen rato), se sintió alarmada.

—¡No te asustes, damisela!

—¡Somos amigos!

—Aunque no seamos muy guapos...

—No te haremos ningún daño.

—¡Te lo prometemos!

—Aquí estarás segura.

—Dinos, ¿cómo te llamas?

—Me llaman Blancanieves —dijo ella.

Le preguntaron de dónde había salido, cómo había encontrado el camino hasta su casita, y muchas cosas más, y ella les contó que su madrastra había intentado matarla, y que el cazador le había perdonado la vida, y que entonces ella, presa del pánico, se había puesto a correr entre matorrales y zarzales, hasta que encontró la casita.

Los enanitos se retiraron a una esquina del cuarto y se pusieron a hablar entre ellos en voz muy baja, y después volvieron al lado de ella y dijeron:

—Si te encargas de limpiar la casa...

—De barrer y fregar, ya sabes, todo eso...

—¡Y de cocinar! ¡No te olvides de cocinar!

—Sí, de cocinar, y de hacer las camas...

—Y hacer la colada...

—Y coser y tejer y remendar los calcetines...

—Entonces puedes quedarte con nosotros, y disponer de todo lo que hay en esta casa. —¡Lo haré, y pondré en ello todo mi corazón y buena voluntad! —dijo Blancanieves.

Y así fue como llegaron a establecer este trato, y a partir de entonces, Blancanieves se encargó de llevar la casa. Por las mañanas se iban todos los enanitos caminando hacia la montaña, en busca de oro y cobre y plata, y cuando al caer la noche regresaban, se encontraban la cena preparada, y la casita limpia y ordenada.

De día, naturalmente, Blancanieves se quedaba sola, y los enanitos le advirtieron:

—Ve con cuidado, porque si tu madrastra descubriese que aún vives, trataría de localizarte. ¡No abras a nadie!

Entretanto, cuando la reina se hubo comido el hígado y los pulmones que ella creía que eran de Blancanieves, se le pasó el temor que le había inspirado mirarse al espejo mágico de nuevo, y un día se miró en él y dijo:

Dime espejo, mágico espejo,

¿cuál es la más bella de todo el reino?

Y se llevó la más espantosa conmoción cuando el espejo respondió:

Majestad, sois muy hermosa, pero lejos de aquí, en el bosque más profundo, con los siete enanitos Blancanieves vive ahora, y ella es la más bella del mundo.

La reina retrocedió horrorizada, pues sabía muy bien que aquel espejo no mentía nunca, y comprendió que el cazador la había engañado. ¡Blancanieves seguía viva! Todos sus pensamientos se pusieron a dar vueltas a una sola pregunta: ¿cómo podía ahora matar a Blancanieves? Si ella, que era la reina, no era la más bella del mundo entero, la envidia la atormentaría de día y de noche.

Por otro lado, la reina continuó con su plan malévolo de matar a Blancanieves. Éste fue su próximo plan. Se maquilló la cara hasta disfrazarse y ser irreconocible porque adoptó el aspecto de una vieja buhonera, y tan bien lo hizo que nadie hubiera sido capaz de reconocerla. Se fue hacia la casa de los siete enanitos y llamó a la puerta. A esa hora, ellos estaban muy lejos, trabajando en las profundidades de la mina.

Blancanieves, que estaba haciendo las camas, oyó que llamaban y abrió una ventana del piso de arriba.

—Buenos días —dijo—. ¿Qué cosas vendes?

—Bellos encajes y cintas preciosas —dijo la reina mirando hacia arriba—. ¿Quieres ver mis mercancías, muchacha? ¡Fíjate en ésta, qué bonita!

Y le mostró un encaje de hilo de seda. Blancanieves vio que, en efecto, era precioso, y pensó que aquella anciana tenía una expresión honesta. No corría peligro alguno si la dejaba entrar.

Bajó corriendo, descorrió los cerrojos y se quedó embelesada mirando un corpiño de encaje.

—¿Quieres probártelo? —dijo la mujer que tenía aspecto de buhonera—. Vaya por Dios, criatura. La verdad es que necesitas que alguien cuide un poco de ti. Ven, pequeña, te apretaré el corpiño con esta cinta tan bonita.

Sin albergar la más mínima sospecha, Blancanieves permitió que la anciana fuese pasando toda la cinta por cada uno de los ojales del corpiño. Después la anciana comenzó a apretar, cada vez más fuerte, y al final el corpiño le ceñía tantísimo el pecho que no lograba ni respirar. Los ojos de Blancanieves parpadearon muy de prisa, sus labios se estremecieron, y de repente cayó sin sentido al suelo.

—No eres tan bella ahora que estás muerta —murmuró la vieja, quien se alejó rápidamente de allí.

Al poco rato llegaron de regreso a casa los enanitos, porque estaba anocheciendo. Viendo que Blancanieves no respiraba se aterrorizaron. La cogieron, comprendieron muy pronto qué era lo que le pasaba, y cortaron prestamente la cinta de forma que pudiese volver a respirar. Poquito a poco, ella fue recobrando el sentido y les pudo contar lo que había ocurrido.

—Seguro que sabes quién era esa buhonera, ¿no es cierto?

—¡Era la reina malvada!

—Sólo podía ser ella.

—¡Ya no podrá entrar nunca más!

—¡Ve con cuidado, Blancanieves! ¡Ve con muchísimo cuidado!

—Recuerda, debes estar siempre en guardia.

—¡No dejes entrar a nadie, absolutamente a nadie!

Entretanto, la reina corría de regreso a palacio. En cuanto estuvo encerrada en sus habitaciones, se miró al espejo y le pregunto:

> Dime espejo, mágico espejo,
>
> ¿cuál es la más bella de todo el reino?

Y el espejo respondió:

> Majestad, sois muy bella,
>
> pero los enanitos cortaron la cinta,
>
> y devolvieron a Blancanieves la vida,
>
> y la más bella del mundo sigue siendo ella.

Al oírlo, la reina sintió que una terrible presión le atenazaba el corazón, y la sangre estaba tan apretada en sus venas que pensó que hasta sus ojos estaban a punto de reventar.

—¿Está aún viva? ¡Vive todavía! ¡Veremos lo que le pasa ahora! —dijo—. Juro que no permanecerá viva mucho tiempo.

La reina conocía las artes de la brujería. Machacó en el mortero unas hojas de hierbas extrañas, pronunció mientras tanto un sortilegio, y luego sumergió un peine en el jugo que extrajo de aquellas hierbas. Había creado un veneno mortal. Con la ayuda de otro poco de magia, cambió su aspecto por completo de manera que no se parecía en nada a la anciana de la otra vez, y emprendió el camino hacia la casa de los enanitos.

Mientras tanto, los enanitos, que estaban seguros de que la reina malvada volvería, prepararon un plan para proteger a Blancanieves porque sospechaban que la vieja mala volvería por ella. Buscaron dos perros bravos para resguardar la casa y esperar a la malvada reina.

Al llegar a la casa de los enanitos, en esta segunda visita, llamó a la puerta y dijo en voz alta:

—¡Vendo toda clase de fruslerías! ¡Traigo peines y alfileres y espejos! ¡Adornos para las chicas más guapas!

Blancanieves se asomó a una ventana del piso arriba y dijo:

—No puedo franquearte el paso. No me lo permiten. Será mejor que te vayas.

—Me parece muy bien, pequeña. No voy a cruzar siquiera el umbral —dijo la anciana—. pero estoy segura de que a nadie le va a importar que eches una ojeada a lo que traigo. ¡Mira, a que este peine es precioso!

Y, en efecto, era un peine precioso. Y Blancanieves pensó que por echar un vistazo a las mercancías de la anciana no podía pasarle nada. Como se sentía protegida por los perros de los enanitos, tomó la férrea decisión de no recibir a la reina mala, pero no estando segura de que se trataba de ella, sucumbió a la tentación de querer ver las mercancías que traía la supuesta vendedora, cuando ésta trató de engañarla la segunda vez. Pero, cuando la reina mala se dispone a violar la casa de los enanitos donde se encontraba Blancanieves, los perros que ya habían percibido el aliento de la malvada reina, permanecieron en silencio, esperando que se acercara al lugar donde estaba ella.

Blancanieves bajó corriendo, descorrió los cerrojos y se quedó embelesada mirando un corpiño de encaje. Los perros guardianes de los enanitos, los cuales ya habían percibido el olfato maligno de la reina malvada, aprovecharon la ocasión de que Blancanieves abrió la puerta y éstos no le dieron oportunidad ni de abrir la boca y, sin ladrar, se lanzaron sobre la reina malévola, la agarraron, la descuartizaron a mordidas y la acabaron en un instante.

Dichos enanitos eran individuos de muy buen espíritu, pero sintieron que deberían hacer algo para proteger y salvar a Blancanieves de las diabluras de la perversa reina.

Pues, al poco rato, llegaron de regreso a casa los enanitos, porque estaba anocheciendo. Al llegar al frente de la casita, quedaron horrorizados por lo que acabaron de ver, el cuerpo inerte desfigurado de la reina malvada, pero al mismo tiempo se alegraron de ver a Blancanieves viva quien les pudo contar lo que había ocurrido, y de inmediato reconocieron que su plan de protección había funcionado.

Entretanto, los enanitos tomaron la decisión de deshacerse del cuerpo de la reina, o de lo que quedó de él, para lo cual hicieron un hoyo en el medio del bosque y enterraron a la reina malvada, esta vez con la ayuda decidida de Blancanieves. Al tiempo que le vuelven a advertir a ella, que no tenía de qué preocuparse, con tal de que no perdiese la cabeza y que hiciera exactamente lo que ellos le indicaban. Es decir, que nunca abriese la puerta absolutamente a nadie.

Por otro lado, el padre, que no sólo sospechaba de su esposa, sino que estaba convencido de su maldad y del odio que había desarrollado contra Blancanieves, entonces, también preparaba un plan para encontrar a su hija y rescatarla. Por ese modo, llamó a las personas más diestras de su reino para que lo acompañaran y le ayudaran con su objetivo, y, con la esperanza de encontrar a su hija viva, se dirigió al corazón del bosque a buscarla, la cual estaría hechizada por algún lugar recóndito del bosque, cerca de algún lago o río.

Después de un largo camino, no tardaron mucho en encontrar la casita de los enanitos al amanecer, justo antes de que ellos se fueran a trabajar para la mina. Cuando el padre se percató de que su hija estaba viva y salva bajo el cuidado de los enanitos, se rebozó de alegría. De inmediato, se identificó delante de los enanitos y les pidió que le permitieran ver a su hija para asegurarse de que estaba bien. Ellos, como siempre, hicieron una breve consulta a parte y, luego, aceptaron que el padre se encontrara con su hija, indicándole que se encontraba en el piso de arriba todavía durmiendo.

Mientras el padre subía a su lugar, la niña ya se había despertado por el ruido que había escuchado de las pisadas del padre subiendo las escaleras en dirección a su cuarto. Es difícil narrar el alto grado de emoción y de alegría que sintió el padre al ver a su hija sana y salva y bajo ningún hechizo como pensaba. Con los ojos llenos de lágrimas por la emoción, la abrazó y la besó, a la vez que le explicaba lo mucho que había sufrido, y del dolor que sentía de saber que su malvada esposa le había causado todo ese dolor de la separación y sufrimiento de ella por hallarse fuera de su hogar original.

De inmediato, bajó con su hija frente a los enanitos para explicarles lo agradecido que estaba de que su hija se hallaba muy bien ante el cuidado del personas tan dulces y generosas como ellos. El padre les indicó que se llevaría a su hija y, para compensar el buen trato que habían tenido con ella, les ofreció que fueran a trabajar en las minas de sus territorios y que, además les mandaría a hacer una casa más grande, como ellos se la merecían por el buen trato que habían dispensado a su hija.

Como de costumbre, los enanitos hicieron su conferencia en secreto, luego le indicaron que aceptaban su oferta y de que se ponían a su disposición. Blancanieves, también, les agradeció por su buen trato y por el cuidado que habían tenido con ella.

Los enanitos, después de reunirse, también le dijeron al padre que se habían apiadado de él, y de que estaban convencidos de que él sabría tratar a Blancanieves de la manera más adecuada, y que por lo tanto le daban permiso para llevársela consigo a su reino.

Antes de marcharse, los enanitos le explicaron al padre de cómo habían recuperado a la niña del maleficio de la reina y de lo que le había sucedido a la reina malvada cuando se proponía hacer su segundo ataque a la niña. Y del plan que concibieron de hacerse de los dos perros guardianes para la protección de la niña; y, también, le explicaron todo lo que había ocurrido. El padre no les expresó ningún remordimiento ni culpa por lo ocurrido, porque comprendió la importancia de haberle salvado a su hija y de que la reina malvada se merecía todo lo que le pasó debido al plan diabólico que había concebido contra su hija inocente. Luego de sus saludos, se despidieron y regresaron a su palacio.

Después de un corto tiempo, el rey cumplió con todo lo ofrecido a los enanitos.

De manera que la tercera visita, entonces, fue la del padre quien descubrió a Blancanieves sana y salva. Luego se la llevó al palacio, donde después de algún tiempo, una mañana de verano tuvo la ocasión de conocer a un príncipe quien, accidentalmente, entró a los territorios del rey mientras perseguía a su halcón y a uno de sus animales de cacería.

Ahora, veamos todo lo que pasó en aquel encuentro. Después de algún tiempo, cuando la niña había crecido, pasaba por el bosque un príncipe cazador, era una mañana radiante en los días del verano cuando cruzaba detrás de su halcón el cual perseguía una presa, él atravesó por el jardín de Blancanieves. Al verla, el príncipe se enamora locamente de ella, tan eufórico estaba de su exuberante belleza que dio puerta abierta a lo que su corazón sentía frente a esa singular belleza y exclama:

— "¡Oh, señora mía, esperanza de mi gloria, descanso y alivio de mi pena, alegría de mi corazón! Le doy gracias al cielo por poner delante de mí la belleza más pura en esta radiante mañana de estío. A lo que Blancanieves le responde:

— "Señor, tu mucho merecer, tus extremadas gracias y la dulzura de tus palabras han hecho que, por un momento, me turbara ante ti, pero al hacer eco en mi corazón te rogaría que ojalá nunca te apartaras de mi presencia".

—"Te amo más que a nada en este mundo. Ven conmigo al castillo de mi padre y acepta ser mi esposa."

Blancanieves se enamoró de él al instante y enseguida se organizó la boda con toda pompa y magnificencia de lugar. Esa fue la boda más lujosa y famosa de la cual se tenga memoria de todo el reino, y los dos vivieron felices y contentos durante toda su larga vida.

Cabe mencionar aquí que, entre los presentes a la gran fiesta de boda, se encontraban los siete enanitos que habían sido invitados por el padre por agradecimiento del buen trato dispensado a su hija; y, también, para cooperar con los preparativos del banquete para todos los invitados de honor.

Capítulo 17

Florinda y Joel

Érase una vez un castillo muy antiguo que se encontraba situado en mitad de un espeso bosque, y en ese castillo vivía sola una anciana. Todos los días, la anciana se transformaba en un gato o en una lechuza, pues aquella mujer era una bruja muy poderosa. Y por las noches volvía a adoptar la forma humana. Sabía cazar pájaros y otras presas, y las sacrificaba y asaba al fuego, y de ellas se alimentaba. Si un hombre llegaba a las cercanías del castillo y se aproximaba a menos de cien pasos de sus muros, le lanzaba un maleficio que hacía que ese hombre quedara paralizado por completo hasta que ella decidiese dejarlo libre. Sin embargo, si quien se acercaba tanto al castillo era una muchacha, la anciana la transformaba en un pájaro y la metía por la fuerza en un cesto de mimbre. Luego cogía el cesto de mimbre y lo subía a una habitación del castillo en la que tenía guardados más de siete mil pájaros, cada uno metido en un cesto.

En aquellos tiempos vivía una muchacha que se llamaba Florinda. La gente decía que era la más bella de todo el reino. Estaba prometida con un guapo joven que se llamaba Joel. Faltaba poco tiempo para la boda, y lo que más les gustaba a los dos era estar juntos.

Una tarde en la que deseaban estar solos, salieron a pasear por el bosque.

—Pero vayamos con cuidado, y no nos acerquemos demasiado al castillo — dijo Joel.

La tarde era preciosa. El sol brillaba en los troncos de los árboles y arrancaba de ellos unos tonos cálidos que producían un fuerte contraste con el verde oscuro del follaje. En las ramas de los viejos abedules las tórtolas hacían oír sus arrullos. Aunque no sabía por qué, Florinda se ponía a llorar de vez en cuando. Se sentó en un rincón iluminado directamente por el sol, soltó un suspiro, y Joel suspiró también. Estaban tan tristes como si tuviesen la muerte muy cerca. Era tal la intensidad de las emociones que los embargaban, que no se dieron cuenta de dónde estaban, y acabaron perdiéndose y sin saber cómo volver a su pueblo.

El sol no se había puesto aún del todo, y la mitad de su circunferencia estaba debajo de los montes, y la otra mitad asomaba aún por encima de ellos cuando Joel, tratando de encontrar el camino de regreso, apartó el ramaje de un matorral y vio que los muros del castillo se elevaban a unos pocos pasos del lugar donde se encontraban. Se llevó tal conmoción al verlos, que a punto estuvo de desmayarse. Y justo en ese mismo momento oyó que Florinda cantaba:

Pajarito, lindo pajarito del

círculo rojo, tú que cantas esta

canción tan triste; dulce

pajarito del círculo rojo, mira la

dulce tórtola que...

Pero no tuvo tiempo de terminar la canción. En ese momento Joel oyó el canto de un ruiseñor, y comprobó horrorizado que justo en donde estaba Florinda hacía un instante, ella había desaparecido y en su lugar se encontraba un ruiseñor posado en una rama. Es más, una lechuza de ojos muy amarillos volaba a su alrededor. Rodeó volando el ruiseñor tres veces, y ululando sin cesar:

«¡U-uuh! ¡U-uuh! ¡U-uuh!»

Joel se había convertido en piedra, y estaba paralizado. No podía moverse ni gritar, ni siquiera parpadear. Para entonces ya había casi anochecido. La lechuza se alejó volando hacia unos matorrales, fuera del alcance de la vista de Joel, pero entonces el joven oyó un ruido de hojas y de repente la lechuza se transformó en una anciana de piel amarillenta y arrugadísima, con unos ojos muy rojos y una nariz aguileña y afilada cuya punta casi le tocaba el mentón. Iba murmurando en voz baja, se acercó, cogió al ruiseñor que seguía posado en la rama, y se lo llevó consigo.

Joel no podía gritar ni mover un solo músculo. Y el ruiseñor y la anciana desaparecieron de su vista. El mayor temor de Joel era de que la bruja podría comerse a la novia, ahora convertida en pájaro, como solía hacer con muchos otros pájaros atrapados con los cuales se alimentaba.

Al cabo de no mucho tiempo la anciana regresó con las manos vacías. Y con una voz afónica y rasposa dijo:

—Zachiel, cuando la luz de la luna ilumine la cesta, deja libre al chico.

Joel notó que todos sus miembros recobraban la flexibilidad, y al poco rato pudo moverse otra vez. Y entonces se hincó de rodillas delante de la anciana y exclamó:

—¡Devuélveme a mi querida Florinda!

—¡Jamás! —replicó la bruja—. ¡No volverá nunca a tu lado!

El joven suplicó, gritó y lloró, pero enseguida supo que ella no iba a cambiar de opinión. Ni siquiera se detuvo para escuchar sus súplicas, sino que le dejó allí, llorando.

—¿Qué va a ser de mí? —sollozó Joel.

Se alejó del castillo y se fue andando hasta llegar a un pueblo en donde nadie le conocía. Allí le dieron trabajo de pastor, y vivió en ese pueblo durante mucho tiempo. A menudo regresaba al bosque y se quedaba mirando el castillo, pero sin acercarse nunca más de la cuenta.

Por otro lado, era notable el espanto y choque que esa bruja había causado en los moradores de todas las comunidades que se encontraban a cierta distancia alrededor del castillo, por las desapariciones de las personas que se acercaban a ese lugar donde habitaba la bruja.

Debido al dolor que sentía de haber perdido a su amada, Joel, un día tuvo una revelación en medio de un sueño. Soñó que tenía que buscarse una rosa blanca con un toque divino para encontrar solución a su mal. Según su revelación, encontrar una rosa blanca con un toque divino, era lo único que podía romper el maleficio de la bruja.

Pues de inmediato se lanzó a la búsqueda de esa flor, después de algún tiempo de explorar entre los campos y jardines, recordó que en el sueño se le había dicho que tenía que ser una flor con un toque divino. Por lo que se dedicó a buscar en los templos religiosos de toda la región; hasta que un día, en el templo de su comunidad, le llamó la atención el candor y elegancia de una rosa blanca que adornaba la imagen del Niño Jesús. Al acercarse a la rosa y tocarla, al instante sintió como un fuego divino en su corazón, en ese mismo momento pensó que ésa era la rosa de un toque divino que había visto en su revelación, con la cual podría romper el maleficio de la bruja del castillo. El sueño fue muy extraño, pero sus indicaciones fueron bien precisas. Soñó que encontraba una preciosa flor de color blanco entre cuyos pétalos había una perla. En el sueño, él cogió la flor y la llevó al castillo, y allí podía abrir todas y cada una de las puertas; y, también, todas y cada una de las cestas de mimbre que contenían los pájaros, y para conseguirlo le bastaba tocar la puerta o la cesta con su flor blanca, y al final del sueño consiguió liberar así a Florinda.

A la mañana siguiente, cuando despertó, se puso de inmediato en marcha, dispuesto a encontrar la flor con la que había soñado. Estuvo ocho días seguidos buscándola, y el noveno día encontró una flor blanca como la nieve que tenía en medio de sus pétalos una gota de rocío que era tan grande como una perla.

Tomó la flor con sumo cuidado y partió camino del castillo. Cruzó el círculo mágico y comprobó que gracias a la flor no le pasaba nada malo, y siguió andando hasta llegar a la puerta sin que nada se lo impidiera. Envalentonado por esa circunstancia, Joel tocó la puerta con la flor, e inmediatamente la puerta se abrió.

Entró en el castillo y vio un patio tenebroso y se quedó en medio escuchando el canto de los pájaros, que le llegaba de forma muy clara. La próxima vez que volvió a escuchar la canción de la dulce queja de la tórtola, sus penas se tornaban en alegría, porque a través de la canción de queja de la tórtola lo que, ahora, percibía era la agradable y dulce melodía de la canción de una antigua diosa griega, llamada Nana Mouskori. Al escuchar dicha canción toda pena se tornaba en alegría y en el deseo de vivir para siempre. La canción tenía la facultad de producir en el oyente un rebosante candor de juventud que le entonaba el alma y producía en la persona que la escuchara el deseo de querer vivir para siempre.

Guiándose por esos cantos, recorrió diversas estancias hasta que se encontró en una sala muy grande donde había siete mil cestas y en cada una de ellas había un pájaro.

En aquel momento, la bruja les estaba dando de comer, y, cuando llegó Joel a la enorme sala, la bruja dejó de hacer lo que hacía, dio media vuelta y empezó a lanzar gritos y escupitajos furiosos contra el joven. Soltaba unas maldiciones espantosas, y de entre sus labios arrugados salían disparados esputos venenosos y repugnantes, pero ninguno de ellos alcanzó a Joel, y aunque la vieja bruja lo intentaba, no logró arañarle con aquellas uñas que tenía, largas y afiladas como unas garras.

Él no hizo el menor caso de esos ataques, sino que fue poniendo en libertad uno tras otro a los pájaros. Pero se preguntaba cómo iba a encontrar a Florinda en medio de tantísimas cestas. En ese momento se dio cuenta de que la bruja había cogido una cesta y se alejaba con ella hacia la puerta.

Joel cruzó la estancia corriendo con todas sus fuerzas, tocó la cesta con su flor blanca, y la cesta se abrió de golpe. Y, también, tocó con la flor a la bruja, y de repente todos sus poderes malignos se esfumaron. Y allí estaba Florinda, tan bella como siempre. Y le rodeó con sus brazos y lo apretó contra sí. El mucho tiempo transcurrido no había afectado en nada la belleza de ella ni la había hecho más vieja.

Luego, Joel puso a todos los demás pájaros en libertad, Además de Florinda, él también quedó maravillado al ver cómo los pájaros del castillo se tornaban en las hermosas doncellas que habían desaparecido en la comunidad; al igual que las estatuas de piedras que rodeaban el castillo, recobraron su forma humana y regresaron a su comunidad ante el espanto jubiloso de sus familiares. Después de eso, nunca más volvieron a temer de disfrutar tranquilamente de la belleza de la foresta en un atardecer de verano.

Finalmente, él y Florinda regresaron a casa, donde pronto contrajeron matrimonio y vivieron felices el resto de sus vidas.

Capítulo 18

Hermanito y Hermanita

El Hermanito cogió a su Hermanita de la mano.

—Escucha —susurró—, desde que murió nuestra madre no hemos sido felices ni un momento. Nuestra madrastra nos da azotes todos los días, y su hija la tuerta nos aleja a patadas siempre que tratamos de acercarnos. Además, sólo nos dan de comer mendrugos rancios de pan seco. El perro que se tira debajo de la mesa come mejor que nosotros. Muchas veces le ofrecen un pedazo de carne sabrosa. Dios sabe que nuestra madre no consentiría que nos pasara todo esto si ella pudiese verlo. Vayámonos juntos de aquí, el mundo es grande y nos espera. No viviríamos peor ni que tuviéramos que hacerlo como vagabundos.

La Hermanita asintió con la cabeza, porque todo lo que había dicho su Hermanito era cierto. Esperaron hasta que vieron que su madrastra daba una cabezada, y entonces abandonaron la casa, cerrando silenciosamente la puerta a su espalda, y estuvieron el día entero caminando por prados y sembrados, por pastos y lugares pedregosos. Se puso a llover, y Hermanita dijo:

—Dios se ha puesto a llorar y nuestros corazones lloran con él.

Al anochecer llegaron a un bosque. Estaban tan cansados, hambrientos y apenados, y les daba tanto miedo la oscuridad que empezaba a cernerse a su alrededor, que no fueron capaces de hacer nada más que subir a un lugar donde vieron el tronco hueco de un árbol y quedarse dormidos.

Cuando despertaron a la mañana siguiente, el sol ya brillaba e iluminaba el interior del árbol.

El Hermanito dijo:

—¡Despierta, Hermanita! Brilla el sol, hace buen tiempo y tengo mucha sed. Me parece que oigo el ruido del agua de un arroyo. ¡Anda! ¡Vamos a beber! La Hermanita se despertó y cogidos de la mano fueron en busca del arroyo que oían correr entre los árboles.

Pero lo malo era que su madrastra era una bruja. Era capaz de ver con los párpados cerrados, y estuvo mirando a los niños cuando se iban de puntillas y abandonaban la casa. Salió tras ellos, reptando como suelen hacer las brujas, con todo el cuerpo pegado al suelo, y antes de regresar a casa de la misma manera lanzó un embrujo y dejó hechizados todos los arroyos del bosque.

Los dos niños encontraron muy pronto el arroyo cuyas aguas habían oído correr, y vieron el agua fresca que lanzaba destellos y brincaba por encima de las piedras. Era tan apetecible que los dos se arrodillaron a beber de la corriente.

Pero la Hermanita había aprendido a comprender lo que decían las aguas de los arroyos al deslizarse por el cauce, y entendió lo que el arroyo decía. Cuando su Hermanito estaba a punto de llevarse a los labios el agua que había recogido haciendo un cuenco con la palma de la mano, ella exclamó:

—¡No la bebas! Este arroyo está embrujado. Quien pruebe su agua se convertirá en un tigre. ¡Deja el agua! ¡Déjala! ¡Si no lo haces, me descuartizarás!

Aunque tenía mucha sed, su Hermanito la obedeció. Se pusieron a caminar otra vez y al poco rato encontraron otro arroyo. Esta vez fue ella la primera que se arrodilló a la orilla, y agachó la cabeza para oír bien.

—¡No, tampoco podemos beber del agua de este! —dijo—. Le he escuchado decir que quien beba su agua se convertirá en un lobo. Me temo que nuestra madrastra lo ha embrujado.

—¡Y con la sed que tengo! —dijo él.

—Si te convirtieras en lobo, me comerías en unos instantes.

—¡Te prometo que no voy a comerte!

—Los lobos olvidan sus promesas. Tiene que haber por aquí algún arroyo que ella no haya embrujado. Sigamos buscando.

No tardaron mucho en encontrar un tercer arroyo. La Hermanita se adelantó y se agachó junto al agua, y le oyó decir:

—El que beba de mis aguas se convertirá en ciervo. El que beba de mis aguas se convertirá en ciervo.

La Hermanita se volvió hacia su hermano para explicárselo, pero esta vez ya era demasiado tarde. Tenía el pobre tantísima sed que se había arrojado al arroyo cuan largo era y había sumergido la cara en el agua. Y al instante le cambió la cara, se le alargó, se le fue cubriendo de pelos finos, y sus miembros se transformaron en las patas de un ciervo, después se levantó, se tambaleó sobre sus patas con torpeza, y ella vio que se había transformado en ciervo, y era un pequeño cervatillo. También se fijó en que el animal miraba en derredor muy nervioso, y estaba a punto de salir huyendo, de modo que le abrazó rodeándole el cuello con los brazos.

—¡Soy yo, Hermanito! ¡Soy tu Hermanita! ¡No huyas, porque si te vas no volveremos a encontrarnos nunca más! Pobre Hermanito, ¿se puede saber qué has hecho? Y se puso a llorar, y su Hermanito lloró también, hasta que ella empezó a recobrarse poco a poco y dijo:

—Deja de llorar, mi cervatillo precioso. No te abandonaré nunca, nunca. Venga, tratemos de sacarle el mayor provecho a esta situación.

Utilizando la liga dorada que llevaba, la Hermanita enlazó con ella el cuello del cervatillo, y después cogió unos cuantos juncos, los trenzó, e hizo así una correa con la que sujetó la liga. Y tirando del cervatillo de esta manera, comenzó a caminar, internándose hacia lo más profundo del bosque.

Después de caminar un largo trecho, alcanzaron un claro en el que había una casita. La Hermanita se detuvo y miró primero alrededor. Estaba todo tranquilo. El jardín que rodeaba la casita estaba muy bien cuidado, y la puerta de entrada se encontraba abierta.

—¿Hay alguien en casa? —gritó la Hermanita.

No hubo respuesta. Tiró del cervatillo y ambos entraron, y comprobaron que era la casita más limpia y bonita que habían visto jamás. A su madrastra no le gustaba encargarse de la casa, y el sitio donde vivían estaba siempre frío y sucio. En cambio, este lugar era precioso.

—¿Sabes qué vamos a hacer? —le dijo la Hermanita al cervatillo—. Cuidaremos de esta casa lo mejor que sepamos y la tendremos siempre limpia y ordenada para quien quiera que sea su dueño. Y así no le importará que nos quedemos viviendo aquí.

Hablaba constantemente con el cervatillo, y él la entendía muy bien y la obedecía. Por ejemplo, cuando ella le dijo:

—No comas las plantas del jardín, y si tienes ganas de hacer pipí o de hacer lo otro, sal fuera de la casa.

Le preparó una cama con musgo fresco y hojas, al lado del hogar. Cada mañana ella salía a buscar comida para sí misma: bayas y frutas silvestres y raíces dulces. En el huerto había zanahorias y coles, y además recogía una gran cantidad de hierba fresca para el ciervo, que disfrutaba comiendo de su misma mano. Al ciervo le gustaba jugar alrededor de ella y al anochecer, después de que la Hermanita se hubiese lavado y dicho sus oraciones, se tumbaba y apoyaba la cabeza en el cervatillo, y lo usaba de almohada. Si el cervatillo hubiera sido todavía humano, aquella hubiese sido una vida perfecta.

Vivieron de esta manera durante algún tiempo. Pero ocurrió que cierto día el rey organizó una gran cacería en el bosque. Resonaron los árboles con el sonido de los cuernos de caza, los ladridos de los perros y los gritos excitados de los cazadores. El cervatillo puso las orejas muy tiesas, ansioso por participar en la cacería.

—¡Déjame ir, Hermanita! —suplicó—. ¡Daría cualquier cosa por participar yo también!

Y era tanta la pasión de sus ruegos, que al final ella cedió.

—Ahora bien —dijo ella cuando le abrió la puerta—, no te olvides de volver a casa cuando anochezca. Tendré la puerta cerrada para librarme de los cazadores, no sea que se vuelvan locos como de costumbre. Así que, cuando regreses, avísame de que eres tú, llama a la puerta y di: «Hermanita, tu hermano ha vuelto a casa.» Porque si no dices eso, no abriré la puerta.

El cervatillo partió como un rayo y entró brincando en la espesura del bosque. Jamás se había sentido tan bien, tan feliz, tan libre, pero los cazadores le avistaron y comenzaron a perseguirle, pero no consiguieron atraparle. Cada vez que se le aproximaban, y estaban convencidos de que esta vez no se les escaparía, el ciervo brincaba veloz y desaparecía en la espesura.

Al anochecer, corrió hacia la casita y llamó a la puerta.

—Hermanita, ¡tu hermano ha regresado!

Su Hermanita abrió la puerta y el cervatillo entró trotando alegremente y se puso a contarle cuanto había ocurrido durante la cacería. Y luego durmió profundamente toda la noche.

Cuando amaneció y oyó la música de los cuernos de caza a lo lejos, no pudo resistir la tentación.

—¡Por favor, Hermanita! ¡Te lo ruego, abre la puerta! ¡Si no voy al bosque y participo en la cacería, me moriré de pena!

No muy convencida, la Hermanita le abrió la puerta y dijo:

—¡Y no te olvides de la contraseña cuando regreses!

Sin tomarse siquiera la molestia de contestar, el cervatillo salió trotando camino de la cacería. Cuando el rey y los cazadores que le acompañaban vieron al cervatillo con el collar dorado, salieron en pos de él inmediatamente. Cruzando campos de helechos y zarzales, a través de las espesuras y de los claros, el cervatillo se pasó el día entero corriendo, y enloqueció a los cazadores que se pasaron horas en busca de él. En varias ocasiones estuvieron a punto de alcanzarle, y cuando el sol estaba ya poniéndose le hirieron en la pata con el disparo de una escopeta. Por culpa de eso ya no corría tan veloz como antes, y uno de los cazadores logró seguir su rastro, fue tras él, y le vio llegar a la casita y llamar a la puerta y pronunciar las palabras:
«Hermanita, ¡tu hermano ha regresado!»

Entonces el cazador vio que la puerta se abría, que una chica dejaba entrar al cervatillo y que cerraba la puerta tras él. Y el cazador regresó a donde estaba el rey y se lo contó todo.

—¿De verdad que ha sido como lo cuentas? —dijo el rey—. Pues con mayor ahínco le daremos caza mañana.

La Hermanita se asustó mucho al ver la herida del ciervo. Le lavó la sangre que manchaba su pata y preparó un atado de hierbas curativas para ayudarle a curar la herida. No se trataba de una herida grave, y a la mañana siguiente, cuando el cervatillo despertó, ya lo había olvidado todo. Y por tercera vez suplicó que le permitiera salir.

—Hermanita, ¡no tengo palabras para explicarte lo mucho que me apasiona la cacería! ¡Si no vuelvo a salir, me voy a volver loco!

Su Hermanita comenzó a sollozar:

—Ayer te hirieron —dijo entre lágrimas—, y hoy te matarán. Y yo me quedaré completamente sola en medio de estos bosques salvajes. ¡Piensa en eso! ¡No tendré a nadie a mi lado! No puedo permitir que te vayas. ¡No puedo!

—Entonces, me moriré aquí, delante de tus narices. Cuando oigo las notas del cuerno de caza, cada pedazo de mi cuerpo se pone a brincar de alegría. ¡Hermanita, no resistiré el deseo de salir! ¡Permíteme que me vaya, te lo ruego!

Ella fue incapaz de seguir negándose ante la intensidad de aquellas súplicas, y con el corazón en un puño abrió finalmente la puerta. Sin volver la vista atrás el cervatillo partió brincando, salió de casa y se esfumó en el bosque.

El rey había ordenado a los cazadores que no causaran el menor daño al cervatillo del collar dorado.

—El que lo aviste, que levante el arma hacia el cielo y que retenga a los perros. ¡Ofrezco diez troleros de oro al que le vea primero!

Estuvieron persiguiendo al ciervo por todo el bosque y a lo largo del día entero, y cuando el sol ya se estaba poniendo el rey llamó al cazador que le había contado la historia y le dijo:

—Quiero que me lleves a esa casita. Si no podemos cazarle en los bosques, le atraparemos de otra manera. ¿Qué frase fue la que le oíste decir?

El cazador repitió las palabras ante el rey. Cuando llegaron a la casita, el rey llamó a la puerta y dijo:

—Hermanita, ¡tu hermano ha regresado!

La puerta se abrió al instante. El rey entró y encontró en pie junto a la puerta a la muchacha más bella que había visto en su vida. La muchacha estaba asustada porque esperaba al ciervo y en lugar de él había entrado un desconocido en la casita, pero aquel hombre llevaba en la cabeza una corona de oro, y le dirigía una amable sonrisa. Luego adelantó una mano y cogió la de la muchacha.

—¿Querrás venir a palacio conmigo y ser una princesa en mi palacio? —dijo.

—¡Claro que sí! —respondió la Hermanita—. Pero tendrá que venir conmigo mi cervatillo. Si él no me acompaña, no puedo aceptar.

—Desde luego. También puede venir contigo —dijo el rey—. Vivirá tanto tiempo como tú, y jamás le faltará de nada.

Y justo cuando pronunciaba estas palabras, llegó el ciervo brincando y entró en la casita. La Hermanita le sujetó del collar dorado y lo ató con una cuerda de juncos trenzados.

Por mutuo acuerdo, la niña aceptó a irse con el rey. El rey hizo que la muchacha subiera a lomos de su caballo, y regresaron a palacio, y el ciervo se mantuvo trotando, muy orgulloso, en pos de su Hermanita y el rey.

Después de regresar a su palacio, el rey ordenó que esa niña se cuidara y se educara con todo el cuidado de rigor; porque ella sería la princesa que en lo adelante se casaría con su único hijo, el príncipe del palacio cuando éste fuera un joven.

Al pasar el tiempo, el rey mandó a celebrar la boda más lujosa de su reinado para su hijo y la princesa, con todos los invitados de honor de todos sus reinos vecinos, quienes colmaron a la nueva pareja real de los regalos más lujosos de acuerdo con su condición real.

Cuando el padre se convirtió en un anciano, éste abdicó a su trono y coronó como rey y reina a su único hijo y a la princesa, los cuales vivieron felices por mucho tiempo.

En cuanto a su Hermanito, el ciervo, desde su llegada al palacio le dejaron jugar por toda la extensión del jardín de palacio, y pusieron a su servicio a un montón de criados. Un mozo de caballerías se encargaba de proporcionarle hierba, el ayuda de cámara del cuerno de caza se encargó de cuidar sus pezuñas, y a la doncella del cepillo dorado le dieron la misión de peinarle a fondo todas las tardes antes de que se echara a dormir, y le espantaba las moscas y garrapatas y piojos que se le hubiesen podido enganchar a la piel. De manera que fueron todos muy felices, hasta ser descubiertos por la bruja que los oprimía cuando eran niños.

Pues bien, durante todo este tiempo la malvada madrastra estaba convencida de que Hermanita y Hermanito habían sido pasto de las alimañas. Pero cuando leyó en el diario que la Hermanita era la nueva reina, y que su compañero de todos los días era un ciervo, dedujo enseguida lo que había ocurrido.

—¡Ese muchacho desdichado debió de beber agua del arroyo donde puse el maleficio que convertía a quien bebiera en un ciervo! —dijo a su hija.

—No es justo que la reina sea ella, en lugar de serlo yo —gimoteó su hija.

—Deja de gimotear —dijo la madre—. Cuando llegue el momento, llegarás a ser lo que tú mereces.

Pasó mucho tiempo, la reina dio a luz a un niño muy guapo. Ese día, como de costumbre, como lo había hecho su padre anteriormente, el rey había ido a cazar. La bruja y su hija entraron en el palacio disfrazadas de damas de compañía, y consiguieron abrirse paso hasta llegar a los aposentos de la reina.

—Preparaos, majestad —dijo la bruja a la reina, que estaba muy débil y agotada en la cama—. Vuestro baño está a punto. Después de tomarlo os vais a sentir mucho mejor. ¡Acompañadnos!

Se la llevaron al baño y la metieron en la tinaja. Luego encendieron debajo de la tinaja un gran fuego, tan grande que la reina comenzó a sentir asfixia de tanto humo. Para que su crimen permaneciera oculto a los ojos de todos, utilizaron la magia para hacer desaparecer la puerta del sitio donde había estado la reina metida en la tinaja, y colgaron un tapiz para ocultar aquel lugar.

—Ahora debes meterte tú en su cama —dijo la madrastra a su hija, y en cuanto la muchacha se metió dentro, la bruja la hechizó de manera que su aspecto fuese exactamente igual al de la reina. Pero había algo que no pudo arreglar, y era el ojo que le faltaba a su hija.

—Apoya en la almohada ese lado de la cara —dijo—, y si alguien te dirige la palabra, limítate a murmurar.

Cuando el rey regresó a palacio esa noche y le dijeron que había tenido un hijo, se sintió feliz. Subió al dormitorio de su querida esposa, e iba a abrir las cortinas para ver qué tal se encontraba, cuando la falsa dama de compañía dijo:

—¡No las abráis, majestad! ¡Dejad cerradas las cortinas y no las abráis bajo ningún pretexto! ¡La reina necesita descansar, y nadie debe molestarla!

El rey se retiró caminando de puntillas, y por eso no descubrió que en la cama yacía una reina falsa.

Esa noche el ciervo no quiso de ningún modo dormir en el establo donde solía hacerlo. Subió las escaleras y se encaminó a la estancia donde dormía el recién nacido, y se negó a salir de allí. No pudo dar ninguna clase de explicaciones ya que, desde la muerte de la reina, había perdido el don del habla, de manera que se limitó a tumbarse junto a la cuna y se durmió.

Al llegar la medianoche, la doncella que dormía en esa habitación despertó de repente y vio que la reina entraba allí, y le pareció que estaba empapada de los pies a la cabeza, como si acabara de salir del baño. La reina se inclinó sobre la cuna, besó al pequeño, y después acarició al ciervo y canturreó:

¿Cómo está mi pequeño? ¿Y mi cervatillo, cómo está?

Volveré otras dos veces, y nadie me verá nunca más.

Y dicho esto, se fue.

La doncella se asustó tanto que no se atrevió a contarle nada a nadie. Ella estaba segura de que la reina se había quedado tendida en la cama, recuperándose del parto.

Pero la noche siguiente volvió a ocurrir lo mismo, sólo que en esta ocasión la reina parecía estar cubierta de pequeñas llamas, y dijo:

¿Cómo está mi pequeño? ¿Y mi cervatillo, cómo está?

Volveré otra vez, y nadie me verá nunca más.

La doncella pensó que debía decírselo al rey. Así, la noche siguiente ambos esperaron en la habitación del recién nacido, y a la medianoche la reina se presentó de nuevo allí. En esta ocasión estaba envuelta en una espesa nube de humo negro.

—Oh, Dios, ¿qué es esto? —gritó el rey.

La reina hizo caso omiso de él, y acercándose al niño y al ciervo como ya había hecho antes, dijo:

¿Cómo está mi pequeño? ¿Y mi cervatillo, cómo está?

Volveré otra vez, y nadie me verá nunca más.

Esta vez el rey trató de abrazarla, pero ella desapareció en una nube de humo, se escabulló del abrazo, y se fundió en el aire.

El ciervo tironeó de la manga del rey, y lo arrastró hasta el sitio donde colgaba un tapiz. Entonces le dio un tirón al tapiz hasta que cayó al suelo y golpeó la pared con sus cuernos. El rey entendió lo que quería decirle, y ordenó a sus criados que derribaran esa pared. Con todo aquel estruendo, la falsa reina se levantó de la cama y se fue de puntillas sin que nadie se fijara en ella. Una vez derribada la pared descubrieron al otro lado el baño, que estaba completamente ennegrecido de hollín, y dentro de la tinaja encontraron el cuerpo de la reina, muy limpio y pálido.

—¡Esposa mía! ¡Mi amada esposa! —exclamó el rey.

Se inclinó para abrazarla, y por la gracia de Dios la reina recobró la vida. Le contó enseguida el horrible crimen que había sido cometido contra ella, y el rey envió al más veloz de sus mensajeros a la puerta de palacio, justo a tiempo para decir a los guardias que debían detener a la bruja y a su hija cuando las sorprendieran tratando de escapar.

Ambas mujeres fueron conducidas ante un tribunal. Y se dictó la sentencia: la hija fue condenada a ser conducida al bosque y abandonada allí para que se la comieran las alimañas, y la bruja fue condenada a morir en la hoguera. En cuanto la vieja quedó reducida a cenizas, su embrujo perdió toda fuerza y el ciervo se transformó en el Hermanito, recuperando así la forma humana. A continuación, la nueva reina ordenó los mejores tratos y honores para su hermano quien, a pesar de las penurias y las vicisitudes que tuvieron que confrontar, éste la había ayudado a enfrentar la vida con valor.

Luego de la destrucción del hechizo de la bruja, el rey y la reina se convirtieron así en los reyes más queridos y aclamados de todos los tiempos. Y el Hermanito y su Hermanita, ahora reina, vivieron juntos y felices el resto de sus vidas.

www.ingramcontent.com/pod-product-compliance
Lightning Source LLC
Chambersburg PA
CBHW080742120726
48001CB00009B/2649